KB068884

TIME ROULETTE
타임룰렛

TIME
Rouette
타임룰렛 5

초판 1쇄 인쇄일 2017년 10월 16일 | **초판 1쇄 발행일** 2017년 10월 19일

지은이 최예균 | **펴낸이** 곽동현 | **담당편집 팀장** 이범수
편집부 신연제 김예리 이윤아 홍현주 김유진 조서영 임소담 정요한 김미경

펴낸곳 (주)조은세상 | 출판등록 제 2002-23호
주소 경기도 연천군 미산면 청정로 1355
TEL 편집부 02)587-2966 | FAX 02)587-2922
e-mail bukdu@comics21c.co.kr

최예균 ⓒ 2017
ISBN 979-11-6171-285-7 | ISBN 979-11-6171-108-9(set) | 값 8,000원

TIME
ROULETTE
타임룰렛 5

최예균 현대판타지 장편소설
NEO MODERN FANTASY STORY

CONTENTS

CONTENTS

Chapter 51. 미스터 기부왕 (2)

이후에도 다양한 스타의 애장품들이 무대 위에 올라왔
다. 그 물건을 살펴보자면, 종류도 무척 다양했다.

옷부터 시작해서 신발, 액세서리와 게임기는 물론 향수
와 헤드폰까지 있었다.

가격은 대체적으로 저렴한 것은 15만 원 비싼 것은 100
만 원이 넘어갔다.

하지만 처음 모자를 두고 다툰 김시헌과 정혜미 만큼의
재미는 있지 않았다.

"흐음."

방송을 모니터링 하던 최찬호가 턱을 쓰다듬었다.

분명 조금씩이지만, 방송의 흐름이 지루해지고 있었다.

시청자들이 리모컨으로 채널을 돌리기 딱 좋은 순간이었다.

마이크를 향해 몸을 숙인 최찬호가 말했다.

"기성아."

[네, PD님!]

"순서 좀 바꿔야겠다."

[네? 다음은 박지헌 쉐프 차례인데요?]

"물건이 뭐였지?"

"확인해 보겠습니다."

30초 정도 지났을까? 김기성의 목소리가 다시 들려왔다.

[식칼입니다. 처음 요리사가 됐을 때 구매한 식칼이라고 합니다.]

톡! 톡!

최찬호가 책상을 두드렸다. 머릿속에 여러 가지 생각이 들었다.

박지헌? 나쁘지 않다. 최근 주가를 올리고 있는 쉐프들 중에서 세 손가락 안에 드는 인물이었다.

얼굴도 훈남이라 제법 여성 팬도 있는 것으로 알고 있다.

하긴 그 정도 위치가 아니라면, 이번 프로그램에 섭외되지 않았을 것이다.

여기에 처음 요리사가 됐을 때 구매한 식칼.

사연도 있고 감정선을 잡기에도 적당하다.

하지만 다양한 시청자들을 잡기에는 역부족이다.

인지도나 다른 면에서, 나이가 든 시청자에게 어필하기에는 부족한 면이 많았다.

'약한 거로 감정선을 올리고 강한 거로 확 터트린다? 아니야. 올리기도 전에 다 빠져 나간다. 처음부터 강하게 가고 약한 거로 음미할 수 있게 하는 게 낫다.'

결정을 내린 최찬호가 마이크 가까이 입술을 가져다 대었다.

"지금 상황에서 박지헌 쉐프로는 약해. 분위기 있는 한 방이 필요하다. 이러다가 시청자들 채널 다 돌릴 판이니까. 일단 정이성 씨 애장품 먼저 진행하고, 그 다음에 블라인드 선택, 그리고 마지막에 잔잔하게 마무리할 수 있도록 박지헌 쉐프로 한다."

[알겠습니다. 송시온 씨한테도 그렇게 전달하겠습니다.]

지시를 받은 김기성이 곧장 패널에 뭔가를 적었다.

그리고는 송시온이 잘 보이는 방향에서 들어 올렸다.

패널에 적힌 내용을 확인한 송시온이 고개를 미미하게 끄덕거렸다.

시청자들은 알아차릴 수 없는 미세한 반응.

설령 알아차린다고 해도, 편집 점을 잡아 수정하면 그만이었다.

"자, 그럼 다음 애장품을 소개하겠습니다. 다음 애장품 나와 주세요."

송시온의 외침에 구르마가 다시 무대 위로 올라왔다.

드르륵! 드르륵!

그리고 이윽고 무대 위로 나타난 물건.

"앗!"

"저거 그거 맞죠?"

"대박!"

내 옆에 앉아 있던 최혜진과 한세정, 지현아가 갑자기 호들갑을 떨기 시작했다.

"그냥 오카리나인데?"

무대 위에 올라온 경매품은 빛바랜 오카리나였다.

탁!

최혜진이 탁자를 가볍게 내리치며 말했다.

"그냥 오카리나라니! 저건 무려 정이성님의 입술과 체취가 남아 새겨진 오카리나라고!"

뒤이어 한세정이 최혜진을 보며 말했다.

"저거 첫사랑을 타고에서 정이성씨가 첫사랑에게 받았던 오카리나라고 했었지?"

"맞아요. 그때 그 첫사랑이 병으로 세상을 떠났다고 해서 얼마나 울었는데요."

"난 삼일을 내리 울었다니까."

마지막 대답은 지현아의 것이었다.

'자리를 옮겨야 하나?'

세 사람의 반응을 보고 있자니, 소인국을 방문한 걸리버의 심정을 알 것 같다. 낯설기 짝이 없었다.

'그나저나 이 녹화는 언제 끝나려나.'

시간을 확인해보니, 어느덧 한 시간이나 흘러 있었다.

밥을 먹고 오지 않았기 때문에 슬슬 배도 고팠다.

"자, 이번 애장품은 오카리나입니다. 방청석을 보니 벌써 이 애장품이 누구의 것인지 알고 계신분도 있는 것 같은데요. 자, 애장품의 주인을 이 자리에 모시겠습니다. 최근 우주대스타라는 별명을 얻으신 배우 정이성 씨입니다."

와아아아아!

지금까지와는 다른 환호성이 장내를 뒤흔들었다.

배우 경력 17년.

1,000만 관객 동원 영화만 무려 7편.

대한민국의 최고의 미남 배우.

배우 최초 아너 소사이어티(Honor Society) 1호 회원.

말 그대로 현 시대 최고의 스타인 정이성이었다.

방청객이 정이성을 보는 표정과 무대의 스타들이 그를 보는 표정은 차이가 없었다.

그들이 데뷔하기도 전에 이미 최고의 스타로 불리는 사람이었기 때문이었다.

저벅저벅

"안녕하세요. 배우 정이성입니다."

와아아아아!

단지 인사만 건넸을 뿐이다.

그런데 장내가 떠나가라 또 다시 환호성이 터져 나왔다.

'연예인의 인기란 게 이 정도였나?'

학창 시절은 주로 공부에만 매진했다.

덕분에 연예인은 그 해 가장 인기가 있는 이들이 아니고 서는 잘 알지 못했다.

당연히 그 인기가 어느 정도 되는지 실감도 하지 못했었다.

'빛이 나네.'

그런데 지금 환호를 받는 정이성을 보니, 그의 몸에서 빛이 흘러나오는 느낌이 들었다.

"이거 옆에 서 있기가 민망할 정도네요. 방송이 나가고 나면 오징어 송시온이라고 올라오는 게 아닌가 모르겠습니다."

"그럼, 제가 이런 표정을 짓고 있을까요?"

정이성이 갑자기 우스꽝스러운 표정을 지었다.

"저 잘생긴 얼굴을……."

하지만 아무도 정이성을 못생겼다고 생각하는 사람은 없었다. 일부러 우스꽝스러운 표정을 지었는데도, 잘 생겼다.

"후우."

송시온 역시 그걸 알기에 작은 한숨을 내쉬었다.

"곳곳에서 탄식이 들려오는 것 같습니다. 저기 정이성 씨, 혹시 얼굴이 잘 생겨서 불편했던 적 없으신가요?"

"없습니다."

너무나도 당당한 대답.

근데 너무 잘생긴 사람이 그러니 화도 나지 않는다.

묘하게 납득이 간다.

"크흠. 자, 그럼 본론으로 돌아가서 이 애장품에 얽힌 사연을 말씀해주시겠습니까?"

송시온의 권유에 정이성이 오카리나를 들어 올렸다.

"이 오카리나는 제가 무명 배우이던 시절 첫 사랑이 제게 선물해준 물건입니다. 항상 힘들고 외로울 때면, 이 오카리나를 불면서 버티곤 했었죠. 지금의 제가 있을 수 있는 이유도 이 오카리나가 있기 때문일 겁니다."

짤막한 말이 끝나고 정이성이 오카리나를 입으로 가져갔다.

♪ ♫ ♫ ♫~

그리고 퍼져 나가는 오카리나의 음색.

장내는 순식간에 조용해졌고 정이성이 부는 오카리나 소리만이 주변을 가득 매웠다.

전문적으로 오카리나를 배운 사람이 아니기 때문에 투박

한 면은 있었지만, 오히려 그 점이 사람들의 가슴에 와 닿았다. 연주가 끝나고 정이성이 다시 말을 이었다.

"이 오카리나는 제게 있어 무엇보다 소중한 추억이 깃든 물건입니다. 그런데도 이 오카리나를 오늘 이 자리에 가지고 나온 이유는 제가 힘들었던 시절 이 오카리나를 불면서 버텼듯, 오카리나가 다른 누군가에게도 힘과 희망이 되어 줬으면 하는 바람 때문입니다. 하늘에 있는 그녀도 이런 제 선택을 응원하리라 믿습니다."

훌쩍.

갑자기 들려오는 훌쩍거리는 소리에 고개를 돌렸다.

그곳에는 눈시울이 붉어져 눈물을 흘리고 있는 세 사람이 있었다.

최혜진, 한세정, 지현아였다.

"자, 정이성 씨가 힘들고 괴로웠던 시절 힘이 되어주었던 오카리나. 경매 시작가를 적어주시겠습니까?"

펜을 건네받은 정이성이 종이에 숫자를 적었다.

"자, 정이성 씨가 적은 시작가는 얼마일까요? 공개해 주세요!"

송시온의 외침과 함께 정이성이 종이를 들어올렸다.

0원.

가격을 확인한 사람들의 눈이 휘둥그레졌다.

"0원이라니요? 정이성 씨, 이거 잘못 적으신 건 아니시죠?"

"아닙니다. 이 오카리나는 제게 있어서 가격을 책정하기 힘든 물건입니다. 추억이란, 가격을 매길 수 없는 것이니까요. 그래서 0원이란 가격을 적었습니다."

"아…… 그런 뜻이 있었군요."

송시온이 이해를 한다는 듯 고개를 끄덕였다.

그리고 그런 정이성의 모습은 내 마음 역시 뭉클하게 만들었다.

'멋진 사람이네. 이번에는 한번 참여해볼까?'

경매에는 스타는 물론 방청객들도 참여할 수 있다.

하지만 그럼에도 난 단 한 번도 참여를 하지 않았다.

굳이 마음에도 드는 물건도 없었고 사고 싶은 것도 없었기 때문이었다.

물론 이번 경매의 수익금이 좋은 일에 쓰이는 것은 알고 있다.

하지만 방송인 만큼 그 좋은 일도 시청률이 잘 나오는 방향으로 쓰일 것이 다분했다.

그리고 그 방향은 내가 생각하는 좋은 일과는 차이가 있을 수도 있었다.

그 때문에 여태까지 경매에는 단 한 번도 참여하지 않은 것이다.

하지만 이상하게도 정이성의 오카리나만큼은 마음이 끌렸다.

오카리나를 불 줄도 모르지만, 꼭 사고 싶다는 마음이 들었다.

"자. 그러면 배우 정이성 씨의 오카리나 경매를 시작하겠습니다. 시작가는 1원입니다."

송시온의 말이 끝나기 무섭게 곳곳에서 손이 빠르게 올라왔다.

"만 원! 이만 원! 오만 원! 십만 원 나왔습니다!"

정이성의 오카리나는 지금까지 나온 그 어떤 물건보다 가파르게 가격이 올라갔다.

그리고 그 가격을 올리는 데는 내 옆에 있는 세 명의 여성도 적극 기여하고 있었다.

누가 먼저라고 할 것 없이 세 여성은 반사적으로 손을 올리고 있었다.

흡사 손을 올리는 로봇처럼 말이다.

그렇게 짧은 사이에 오카리나의 가격은 10만 원까지 상승했다.

"후우. 열기가 엄청난데요. 아무래도 이번 물건은 상승폭을 조금 올려서 가는 게 좋을 것 같습니다. 상승 폭은 5만 원입니다. 자, 그럼 10만 원부터 다시 시작합니다!"

송시온의 말이 끝나기 무섭게 다시 사람들이 손을 올리기 시작했다.

분명 상승폭이 5만 원임에도 불구하고 열기는 전혀 줄어

들지 않았다.

그렇게 경매가 시작된 지 불과 10분도 채 되지 않아 오카리나의 가격은 무려 200만 원까지 치솟았다.

그 사이 MC인 송시온의 이마에는 땀방울이 송골송골 맺혀 있었다.

아무리 유능하다고 해도 한 시간이 넘는 시간 동안 쉬지 않고 말을 하며 진행했다.

힘이 들지 않는다면, 인간이 아닌 로봇일 것이다.

그리고 바로 이런 타이밍을 잘 체크했다가 잠시 숨 돌릴 틈을 주는 것이 연출가의 일이기도 했다.

딱!

"잠시 쉬었다가 가겠습니다."

스태프들이 바삐 움직이며, 테이프를 교체했다.

그 사이 송시온의 스타일리스트가 무대 위로 올라와 물병을 건넸다.

"땡큐!"

꿀꺽꿀꺽

송시온이 받아든 물병을 단숨에 들이켰다.

그 모습을 보던 스타일리스트가 걱정 어린 표정으로

물었다.

"오빠, 괜찮아요?"

"뭐, 조금 있으면 끝나니까. 그보다 오늘 다음 촬영이 있던가?"

"아니요. 오늘은 이게 마지막이에요."

"후, 그래? 그럼 좀 더 버닝해야겠는데."

송시온이 싱긋 웃으며 손에 들고 있던 물병을 스타일리스에게 넘겼다.

그 사이 테이프 교체를 끝낸 스태프가 손을 흔들었다.

곧 방송을 재개한다는 신호였다.

딱!

"자, 200만 원입니다. 200만 원 이상 있으신가요?"

차세대 국민 MC라는 별명답게 송시온은 자연스럽게 방송을 이끌었다.

그러자 기다렸다는 듯 최혜진이 손을 들어 올렸다.

"너 괜찮은 거야?"

조심스레 최혜진을 보며 물었다.

그녀가 제법 유복한 집안이라고 해도 200만 원이라면, 결코 적은 돈이 아니었다.

최혜진이 진지한 표정으로 입을 열었다.

"우리 아기 사려고 1년 전부터 모아 놨던 돈이 있어. 어차피 좋은 일에 사용되는 돈이니까, 우리 아기도 이해할거야."

"그 아기라는 게 혹시……."

"백."

흡사 눈에서 레이저라도 나올 것 같은 기세였다.

그 모습에 옆에 앉아 있던 지현아가 고개를 흔들었다.

"그 정도의 각오라면, 나는 이번에 포기해야겠네. 사실 지금도 간당간당했거든."

"나는 조금 더 달려봐야지. 얼마 전 적금 만기된 게 있어서 여유가 좀 있거든."

한세정이 어깨를 으쓱거렸다.

그러자 최혜진이 질 수 없다는 듯 무대 위의 오카리나를 향해 매서운 눈빛을 보냈다.

그사이 경매가는 250만 원을 넘어가고 있었다.

"자, 250만 원입니다. 물건의 주인이신 정이성씨도 상당히 놀랐다는 표정인데요. 잠시 지금의 소감을 들어볼까요?"

마이크를 받은 정이성이 조금 당황스러운 표정으로 말을 이었다.

"물론 오카리나에 담긴 제 추억은 돈으로 환산할 수 있는 게 아니지만, 그래도 이 오카리나 자체는 그리 비싼 게 아닙니다. 아무래도 오카리나를 구매해주신 분께는 감사의 인사로 제가 식사라도 한 번 대접해야 할 것 같네요."

꽈악!

정이성의 말이 끝남과 동시에 바로 옆에서 주먹이 으스러지는 것 같은 소리가 들렸다. 소리의 주인공은 최혜진과 한세정이었다.

"식사?"

"단 둘이 식사를 할 수 있다고?"

정이성의 입장에서는 고마움을 표현하고자 던졌던 말이었다.

하지만 그 말이 오히려 그의 팬들에게는 기폭제가 되었다.

"260! 270만 원 나왔습니다. 아! 280! 290…… 300 나왔습니다."

300을 부른 사람은 바로 최혜진이었다.

"제발, 제발!"

간절한 표정을 보니, 아무래도 그녀가 내지를 수 있는 금액의 최대치는 300만 원인 것 같았다.

반면, 한세정은 아직 여유가 있어 보였다.

"아, 310만 원 나왔습니다."

그리고 기다렸다는 듯 무대 위에서 310만 원이 나왔다.

참여자는 슈퍼모델 정혜미였다.

사람들의 시선이 자신에게로 향하자 정혜미가 어깨를 으쓱거렸다.

"저도 정이성씨 팬이거든요. 그리고 무엇보다 좋은 일에 쓰이는 거니까요."

정이성이 정혜미를 향해 감사하다는 뜻으로 가볍게 고개를 숙여 보였다.

그리고 순간 경매에 참여하던 사람들의 숫자가 절반 밑으로 뚝 떨어졌다.

"왜 갑자기 사람들이 경매를 포기한 거야?"

의아함에 묻자 대답에 한세정에게서 흘러나왔다.

"정혜미가 참여했으니까요."

"네?"

"슈퍼모델이기도 하지만 그 이전에 그녀는 영광그룹 부회장의 손녀이거든요."

영광 그룹은 재계 서열 20위권에 드는 거대 그룹이었다.

그런 그룹의 부회장을 할아버지로 두고 있다면, 소위 말하는 금수저.

아니, 다이아 수저 집안 출신이라 할 수 있었다.

"저도 이쯤에서 포기해야겠네요."

기세 좋게 불타오르던 한세정이 씁쓸한 표정으로 말했다. 그 모습에 지현아가 그녀의 어깨를 토닥거렸다.

"잘 생각했어. 어차피 계속 따라가 봐야 괜히 우리만 카메라에 이상하게 잡힐 수 있으니까."

"그렇겠지?"

풀 죽은 그녀들의 모습을 보고 있으니, 마음 한편이 조금 불편해졌다.

상대가 가진 것에 눌려 도전조차 하지도 못하고 포기해야 하는 현실.

그 현실이 과거 내 생활과 전혀 다를 게 없었기 때문이다.

'그래도 지금 나서는 건 오지랖이지.'

지금 내가 지닌 재력이라면, 저 오카리나를 사고자 한다면 충분히 구매할 수 있을 것이다.

상대가 정혜미가 아닌 영광 그룹의 부회장이라면 얘기는 달라지겠지만.

적어도 지금의 나는 재벌가의 손녀를 상대로 돈 싸움을 할 수 있을 정도의 재력을 갖췄다.

하지만 굳이 그렇게까지 나서야 할 이유는 아무것도 없다.

어차피 최혜진을 비롯한 그녀들이 오카리나를 구입하려 했던 이유는 정이성에 대한 팬심이었다.

만약 저 오카리나가 정이성의 것이 아니었다면, 그녀들의 지갑에서는 단 1원도 나오지 않았을 것이라는 얘기다.

굳이 세 여성이 기뻐하는 모습을 보고자 큰돈을 쓰는 건 바보 같은 짓이다.

"420만 원! 더 없으신가요? 3! 2! 1! 배우 정이성씨의 추억이 담긴 오카리나는 슈퍼모델 정혜미 씨에게 420만 원에

낙찰되었습니다."

송시온이 선언하자 정혜미가 무대 위로 걸어 나와 오카리나를 집어 들었다.

그리고는 활짝 웃는 얼굴로 정이성을 보며 말했다.

"저는 삼겹살 좋아해요."

뜬금없는 말. 순간 모두가 어리둥절한 표정을 지었다.

단 한 사람 MC인 송시온만 빼고 말이다.

'식사 대접!'

돌발 상황임에도 불구하고 송시온은 조금 전 정이성이 오카리나를 구매한 사람에게 식사를 대접하겠다는 말을 떠올렸다.

송시온이 불쌍한 표정을 지으며 말했다.

"저도 삼겹살 무척 좋아하는데요. 혹시 정이성씨가 식사 대접으로 삼겹살을 사주시면, 저도 같이 가면 안 될까요?"

송시온의 설명에 사람들은 그제야 정혜미의 말이 무슨 뜻인지를 이해했다.

정혜미가 피식 웃고는 손가락을 가볍게 흔들었다.

그리고는 모델 특유의 워킹과 함께 자신의 자리로 돌아갔다.

"지옥 끝이라도 찾아가서 얻어먹고 말 겁니다. 후후!"

와하하하!

송시온이 결의 어린 모습으로 중얼거리자 곳곳에서 웃음소리가 터져 나왔다.

"자, 이번 순서는 스타들이 아닌 이곳에 참여하신 스타분들의 지인분들이 가져온 애장품을 만나보는 시간입니다. 저희가 이미 사전에 프로그램의 취지를 설명하고 애장품을 하나 씩 가지고 오셔줄 것을 요청 드렸는데요. 어떤 애장품들을 가지고 나오셨을지 참으로 궁금합니다."

스타들도 공감이 된다는 표정으로 고개를 끄덕였다.

"진행 순서는 여기 계신 스타 분들께서 앞으로 나와 오른쪽 상자에서 공을 하나씩 뽑으실 겁니다. 그리고 마지막으로 제가 왼쪽 상자에서 공을 뽑을 건데요. 저와 같은 번호를 뽑으신 스타의 지인께서 가져온 애장품을 경매에 올리는 방식으로 진행을 하겠습니다. 그럼, 스타분들께서는 한 분씩 앞으로 나오셔서 상자에서 공을 하나씩 꺼내주세요."

송시온의 안내에 따라 무대의 스타들이 한 명씩 앞으로 걸어 나왔다.

그리고는 상자에서 공을 꺼내 자리로 돌아갔다.

"모두 뽑으셨으니, 마지막으로 제가 뽑겠습니다."

장난스러운 표정으로 공을 뽑은 송시온이 슬쩍 자기만 확인하고는 탄성을 내질렀다.

"아! 제가 너무나 사랑하는 숫자입니다. 바로 11번입니다."

스타들의 지인이 가지고 나온 경매품은 다양했다.

헤드폰도 있었고 자신이 직접 만든 휴대폰 케이스, 그리고 해외에 나갔다가 구매한 기념품까지 우리가 주변에서 흔히 볼 수 있는 물건들이었다.

간혹 몇 개는 구매를 희망하는 사람이 없어서 지인을 초대한 스타가 직접 구입을 하기도 했다.

꾸르륵.

"으, 갑자기 왜 배가 아픈 거야."

"많이 아파?"

"나 잠깐 화장실 좀."

아랫배를 문지르던 최혜진이 안 되겠다는 듯 조심스레 자리에서 일어났다.

최혜진이 자리를 뜨고 얼마나 지났을까?

송시온이 상자에서 27번이 적힌 공을 꺼냈다.

"이번 번호는 27번이네요. 27번 누구시죠?"

스윽.

그리고 자리에서 일어난 사람은 바로 박지헌 쉐프였다.

"어?"

당혹스러움도 잠시.

송시온이 박지헌에게로 걸어가서 말했다.

"자, 스타 쉐프인 박지헌 씨의 지인으로는 어떤 분이 왔을 지 궁금하네요. 박지헌 쉐프의 지인분 어디 계시죠?"

말이 끝나기 무섭게 무대에 집중하고 있던 카메라가 날 향해 움직였다.

이미 스태프들은 어느 스타의 지인이 어디에 앉아 있는지 모두 알고 있었다.

아무런 이유 없이 의자에 이름표까지 붙이며 자리를 지정했던 것이 아니었다.

'하필 혜진이가 자리를 비운 사이에……'

최혜진이라도 있었으면, 그녀에게 떠넘기면 됐지만 지금은 그럴 상황이 되지 못했다.

그렇다고 여기서 우물쭈물 거리며 시선을 피하는 것은 오늘 이 자리에 초대해준 박지헌에 대한 예의가 아니었다.

드르륵.

자리에서 일어나고는 조심스레 무대 위로 걸어 나갔다.

"와, 이거 놀랍습니다. 박지헌 씨의 지인 중에서 이런 엄청난 훈남이 있을 줄 몰랐네요. 전 사실 방송을 진행하면서 방청객 중에 너무 잘생긴 분이 있어서 몰래카메라를 위해 숨어 계신 신인배우인 줄 알았습니다. 일단 자기소개 좀 부탁하겠습니다."

송시온의 마이크를 건네줬다.

"안녕하세요. 한국대학교에 재학 중인 20세 한정훈이라고 합니다."

"오! 외모뿐만 아니라 한국대학교 학생이라니, 머리도 좋으신가 보군요. 놀라운데요. 허당인 박지헌 쉐프 주변에 이런 분이 있다는 사실이……."

"제 주변에 이렇게 훌륭한 동생들이 많습니다. 하하!"

송시온의 칭찬에 박지헌이 가슴을 쭉 펴고는 당당하게 말했다.

그리고는 나를 향해 살짝 윙크를 해보였다.

"윙크를 받으니 아무래도 괜히 올라왔다는 생각이 드네요."

"하하! 그럼, 안 되죠. 제가 박지헌 씨를 자리로 다시 돌려보낼까요?"

"아니, 그게 무슨 소립니까! 한 시간 만에 드디어 밟은 메인 무대인데! 정훈아, 내가 잘못했다."

박지헌이 양손을 모으며 곧장 잘못했다는 제스처를 취했다.

그 모습을 보고 있자니 나도 모르게 입가에 절로 미소가 걸렸다.

'어째서 방송에 자주 나오는지 알 것 같네.'

쉐프이기도 했지만, 재치 있는 모습.

그게 바로 박지헌이 방송인으로 TV에 자주 나오는 이유일 것이다.

"자, 그럼 이제 애장품을 확인할 시간인데요. 과연 외모도 만점! 머리도 만점인 한정훈 씨는 어떤 물건을 가지고 나왔을지 지금 확인해보겠습니다."

스태프가 구르마를 이끌고 무대 위로 나왔다. 애장품을 확인한 송시온이 가볍게 탄성을 내질렀다.

"아! 책이군요."

순간 박지헌의 시선이 날 향했다.

애장품이 책이라는 사실에 그 역시 조금은 당황한 눈치였다.

송시온이 내가 가지고 온 책을 살피더니, 고개를 끄덕였다.

"겉으로 보기에는 외국에서 출간된 책으로 보이는데요. 상태를 보니 조금 오래된 것 같습니다. 한정훈 씨, 어떤 책인지 잠시 설명 좀 해줄 수 있을까요?"

송시온의 제안에 내가 앞으로 한 발 걸어 나와 책을 집어 들었다.

"이 책은 아리스 제인이라는 영국 출신의 여성 작가가 쓴 책입니다. 책의 내용은 한 소녀가 불우한 가정환경에도 불구하고 고난을 극복해서 귀족이 되는 그런 내용입니다."

무대의 스타들이나 방청객들이 고개를 끄덕거렸다.

하지만 호기심 어린 표정으로 보는 사람들은 한 명도 없었다.

"그런데 사실 이 책에는 아리스 제인 말고 또 다른 작가의 글귀가 적혀 있습니다."

"네? 아! 어떤 작가죠?"

잠시 당황스러운 표정을 짓던 송시온이 이내 부드러운 표정으로 물었다.

내가 책의 가장 앞장을 펼쳐 카메라가 잘 잡을 수 있도록 보였다.

그리고는 담담한 표정으로 입을 열었다.

"셰익스피어, 영국의 대문호이자 극작가인 그의 친필이 적혀 있는 책입니다."

TIME
ROULETTE
타임룰렛

Chapter 52. 해프닝

셰익스피어라는 이름은 인문학에 관심을 전혀 두지 않는
사람도 살면서 한 번쯤은 들어봤을 법한 이름이다.

순간 방청객과 스타들의 시선이 일제히 내게 날아와 꽂
혔다. 그들은 서로 고개를 갸웃거렸다.

그리고 셰익스피어라는 이름을 중얼거렸다.

MC 송시온 역시 마찬가지였다.

"셰익스피어요?"

"네."

"혹시 저희가 아는 그 셰익스피어를 말씀하시는 겁니
까?"

"맞습니다."

담담히 대답을 함과 동시에 책의 앞장을 주변을 향해 보였다.

"앞장에 적힌 이것이 바로 셰익스피어의 친필 사인입니다."

애초에 현 시대에 셰익스피어의 자필로 적힌 문장이나 글귀는 존재하지 않는다.

아니, 존재할 수는 있지만 발견되지 않았을 수도 있다.

현 시대에 진귀한 보물은 대부분 어느 누군가의 창고에 빛도 보지 못하고 잠들어 있다고 하지 않던가?

셰익스피어의 자필로 적힌 작품 또한 어쩌면 누군가에 의해 그렇게 잠들어 있을지 모른다.

하지만 작품과는 달리 셰익스피어의 친필 사인은 지금까지 후대에 전해져 내려오고 있었다.

'그나저나 고작 친필 사인인데 엄청난 금액은 아니겠지?'

나 역시 정확한 가격에 대해서는 알지 못한다.

다만 안 집사는 책을 내어주며 좋은 일을 하기에는 부족함이 없을 것이라고 말했다.

당시에는 그 말을 듣고 크게 신경을 쓰지는 않았다.

셰익스피어의 친필이기는 하지만, 글귀도 아니고 문장도 아닌 단순한 사인.

고작 사인이 비싸봐야 얼마나 비쌀까?

그러나 시간이 지날수록 왠지 알 수 없는 불안감이 올라왔다.

"인간은 꿈과 같은 물건이어서 이 보잘것없는 인생은 잠으로 끝난다."

순간, 무대 한쪽에서 내레이션 같은 목소리가 흘러나왔다.

그 목소리를 들은 사람들의 입에서 절로 감탄사가 나왔다.

그만큼 듣는 이로 하여금 가슴이 뭉클하고 매력적인 목소리였다.

"정이성 씨, 방금 그건?"

송시온의 물음에 사람들의 시선이 정이성에게로 향했다.

약간 쑥스럽다는 듯 정이성이 볼을 긁적거리며 말했다.

그 모습마저 잘생김이 묻어나서 그런지 방청객들 사이에서 작은 탄성이 흘러나왔다.

"아! 방금 전에 앞 글귀는 그의 희극 작품 폭풍우에 나오는 내용입니다. 셰익스피어라는 얘기를 들으니 갑자기 떠올라서요."

"아, 그리고 보니 정이성씨 세명대학교 국문과 출신이셨죠?"

"맞습니다."

송시온의 물음에 정이성이 고개를 끄덕였다.

그리고는 시선을 내가 들고 있는 책에 두었다. 한눈에 봐도 갖고 싶다는 느낌이 고스란히 전해져왔다.

웅성웅성!

정이성의 목소리 때문이었을까?

아니면, 갑자기 등장한 셰익스피어라는 이름 때문일까?

방청객과 스타들 사이에서 흘러나온 웅성거림은 쉽게 가라앉지 않았다.

"흠흠."

어수선해진 분위기를 잡고자 송시온이 헛기침을 했다.

그의 본분은 MC.

오늘 이 무대가 흐름을 잃지 않고 올바르게 막을 내리게 만드는 것이 바로 그의 임무였다.

"갑자기 엄청난 물건이 등장해서 모두 놀라셨을 거라고 생각합니다. 저 역시 마찬가지인데요. 영국의 대문호이자 극작가이며, 저희에게도 익숙한 셰익스피어의 친필이 남겨진 책. 어떤 의미로는 굉장한 가치가 있을 수도 있다고 생각하는데, 오늘 이 자리에 이 책을 애장품으로 내놓으신 이유를 물어봐도 되겠습니까?"

고개를 슬쩍 돌려 박지헌을 쳐다봤다.

그는 꽤 당혹스러운 표정을 짓고 있었다.

내가 이런 물건을 들고 나올 줄은 상상도 못했을 것이다.

하지만 그의 얼굴에는 한편으로 기대감도 있었다.

내가 그의 지인으로 나온 만큼, 내 분량이 올라간다면 박지헌의 입지 역시 상승할 확률이 높기 때문이었다.

"좋은 일을 하는 자리라고 들었거든요. 그래서 저 역시 이왕 나오는 거 좋은 일을 하고 싶었습니다."

"아!"

송시온이 짧은 탄성과 함께 고개를 끄덕일 무렵, 무대에 있던 여성이 가볍게 손을 들었다.

"잠깐만요!"

사람들의 시선이 향한 곳. 그곳에는 정혜미가 있었다.

"혜미 씨, 무슨 하실 말씀이라도 있으신가요?"

"저게 진짜 셰익스피어의 친필, 정확히 말하면 사인이죠. 저게 진품인지 아닌지 어떻게 알아요? 이 자리에서 진위를 가려낼 수 있는 사람 있나요?"

정혜미의 지적에 사람들이 자신도 모르게 고개를 끄덕였다.

확실히 정혜미의 말대로 진위 판단이 가능한 사람은 이자리에 없었다.

제작진의 준비 미흡 때문은 아니었다.

애초에 이 프로그램은 진품명품이 아니었으니까 말이다.

정혜미가 주변을 둘러보며 말을 이었다.

"생각해봐요. 저분이 그냥 엉뚱한 사인이 적힌 걸 들고 와서 거짓말을 하는 것일 수도 있잖아요. 그리고 만약 그 상태로 방송이 되면, 피해를 보는 사람이 누구겠어요?"

벌떡!

"그 말은 지금 제가 사기꾼을 데려왔다는 말입니까?"

자리에서 일어난 사람은 박지헌이었다.

얼굴이 붉게 달아오른 박지헌은 한눈에 보기에도 애써 감정을 억누르고 있는 게 보였다.

정혜미가 어깨를 으쓱거렸다.

"그게 아니라 확실해야 한다는 거죠. 그리고 제 기억이 맞는다면, 셰익스피어의 친필은 전 세계적으로 많이 남아 있지 않아요. 그만큼 아주 희귀하다는 거죠."

"아마 6개 정도 있을 겁니다."

묵묵히 듣고 있던 정이성이 대답했다.

그의 목소리에 정혜미가 그것보라는 듯 말을 이었다.

"들으셨죠? 6개 정도가 아니라 고작 6개에요. 그렇게 귀한 걸 이곳에 들고 왔다니, 사실 전 믿기가 힘드네요. 뭐, 방송을 장난으로 생각해서 왔으면 모르겠지만요."

정혜미의 말이 틀린 것은 아니었다. 하지만 문제는 그녀의 어투였다.

듣는 사람에 따라서 정혜미의 말은 기분이 나쁘기에 충분했다.

그리고 그 사실을 제일 먼저 눈치 챈 것은 바로 송시온이
었다.

스윽!

송시온이 재빨리 방청객의 스태프에게 손짓을 보냈다.

잠시 카메라를 끊고 가자는 신호였다.

"잠시 쉬었다가 가겠습니다!"

김기성이 재빨리 앞으로 튀어나와서 손을 흔들었다.

그나마 지금이 녹화였기 때문에 가능한 상황이었다.

카메라에 들어왔던 불이 일제히 꺼졌다.

그 모습을 확인한 박지헌이 무대에서 내려와 내게로 걸
어왔다.

"정훈아 미안하다."

그가 내 옆으로 걸어와서 건넨 첫마디는 사과였다.

"뭐가 미안해요?"

"괜히 사기꾼 취급이나 받게 해서 말이야."

진지한 박지헌의 태도에 오히려 입가에 미소가 지어졌
다.

분명 지금의 상황이라면, 날 거짓말쟁이 사기꾼으로 취
급해도 이상할 것이 없다.

내가 반대의 상황이었어도 그런 생각을 한 번쯤은 했을
것이다.

하지만 정작 박지헌은 그런 가능성에 대해서는 1%도

생각하지 않고 있었다.

터벅터벅!

"저기 한정훈 씨."

무대 위로 올라온 김기성이 조심스레 말을 걸었다.

그는 이미 무전을 통해 총괄 프로듀서인 최찬호에게 지시를 받은 상태였다.

[진품인지 확인할 수 없으면, 그냥 통째로 날려.]

[네? 그래도 진짜 셰익스피어의 친필일 수도 있는데요? 만약 진짜라면, 화제성은 명절에 단연 1등일 겁니다.]

[야! 그걸 내가 모르겠냐? 근데 정혜미 말대로 만약에 가짜라면? 가짜라면 그 뒷감당은 누가 하는데? 괜히 이슈 하나 만들어 보려다가, 너나 나나 모가지 날아갈 수 있으니까 군소리 말고 내가 하라는 대로 해.]

[……알겠습니다.]

김기성의 시선이 내가 들고 있는 책으로 향했다.

"혹시 진짜 셰익스피어의 친필인지 확인할 수 있는 뭐 그런 게 있을까요? 아무래도 방송이다 보니까 확인이 안 된 것은 내보내기가 좀 그래서요."

"이것 보세요! 지금 제작진도 내가 사기꾼을 데려왔다고 생각하는 겁니까?"

옆에 있던 박지헌이 기가 막힌 듯 물었다. 김기성이 급히 고개를 흔들었다.

"그럴 리가요! 다만 신중하자는 겁니다. 만약에 정말 만약이라도 거짓이면, 저희 프로그램은 물론 오늘 이 자리에 나와 있는 분들에게도 피해가 있을 수도 있어서 하는 말입니다."

김기성이 시선을 내게로 돌려 말을 계속이었다.

"만약 증명하실 수 없으면, 아무래도 이 부분은 끊고 가야 할 것 같습니다. 죄송합니다."

"아닙니다. 이해합니다."

그의 입장은 충분히 이해할 수 있었다.

오히려 김기성의 입장에서는 내게 화를 낼 수도 있었다.

어찌됐든 나 한 명으로 인해 촬영이 지연되고 있는 것은 사실이니까 말이다.

"이런 거면 증거가 될 수 있겠죠?"

품속에서 잘 접혀져 있던 종이를 꺼내 내밀었다.

종이를 살핀 김기성이 눈살을 찌푸렸다.

종이에는 알 수 없는 문양과 함께 영어가 가득 적혀 있었기 때문이었다.

"이게 뭔가요?"

"영국의 대영박물관에서 여기 적힌 친필 사인이 셰익스피어의 것이 맞는다는 것을 인증하는 문서입니다."

해당 서류는 책을 건네줬던 안 집사가 함께 챙겨줬던 것이었다.

하지만 서류를 확인했음에도 김기성의 표정은 쉽게 풀리지 않았다.

"잠시만 실례하겠습니다."

자리를 비운 김기성은 재빨리 최찬호에게 무전을 넣었다.

[감독님 그 영국의 대영박물관에서 인증 받은 서류를 제시했는데 어떻게 합니까?]

[뭐? 영국? 미치겠네. 그 서류가 진짜인지 아닌지는 또 모르잖아?]

[그렇긴 하지만…… 그렇다고 정말 가짜를 들고 왔을까요? 그러다 자칫 큰 곤혹을 치룰 수도 있는데.]

[너 요즘 애들 모르냐? 얼굴 알리고 이름 좀 알릴 수 있으면, 무슨 짓이든 하는 게 요즘 애들이야. 쟤도 딱 보니까 허우대도 멀쩡하고 나이도 어린 게 관심 받고 싶어서 저러는 거지.]

[…….]

김기성은 단번에 대답하지 못했다. 확실히 요즘 애들은 무섭다. 그냥 무서운 게 아니라 아주 무서웠다.

최찬호의 말대로 얼굴과 이름 한 번 알리려고 상상을 초월하는 짓도 많이들 했다.

설령 그게 범죄가 될 수 있음을 알아도 말이다.

[네가 박지헌 쉐프한테는 잘 말하고. 이번에는…….]

와아아!

"윽."

갑작스레 무전에서 들리는 환호성에 김기성이 인상을 찡그렸다.

[감독님 무슨 일이에요? 방금 그 소리 왕작가 목소리 아니에요?]

하지만 질문에 대한 대답은 곧장 흘러나오지 않았다.

5초? 10초? 아니 30초 정도 흘렀을까?

[……기성아.]

무전 너머에서 들려오는 최찬호의 목소리.

김기성은 그의 목소리가 무척 심하게 떨리고 있음을 느꼈다.

[무슨 일 생기셨어요? 제가 올라갈까요?]

[아니, 그게 아니라. 너 아까 그 셰익스피어 친필 사인 있잖아. 너 그거 얼마나 할 것 같아?]

김기성이 별다른 생각 없이 곧장 대답했다.

[그야 잘 받으면 100만 원 정도 아니겠어요? 아, 그래도 명색이 셰익스피어이니 200만 원, 아니 300만 원 정도 되려나? 그거 비싸대요?]

[……48억.]

[네?]

[왕작가랑 막내가 검색해봤는데, 진품이라면 48억이란
다.]

[어, 얼마요?]

[48억.]

꿀꺽.

순간 김기성은 할 말을 잃었다.

4천 만 원도 미친 가격인데, 그 10배가 아닌 100배의 가
격이었다.

[너 같으면 48억짜리를 이 자리에 들고 나오겠냐? 아무
리 좋은 일에 사용하는 거라고 해도?]

물론 세상에는 평생 모은 수십억의 재산을 기부하는 좋
으신 분들도 많다.

하지만 그런 분들은 보통 이미 살날이 얼마 남지 않은 고
령의 노인들이 대다수였다.

김기성은 여태까지 살면서 한창 파릇파릇한 20대의 청
년이 수십억을 기부했단 소리를 듣지도 못했다.

[백번, 아니 천 번 만 번 양보해서 저게 진품이라고 치자.
뭐, 세상에 이상한 일이 많으니까. 그리고 저기 스타들 중
에서 한 명이 돈 몇 백을 주고 구매했다고 쳐. 그 뒤에 방송
나가고 진짜 가격 까발려지고 그러면 우리나 그 스타나 짜
고 쳤다는 말은 물론이고 완전 물 먹는 거다.]

김기성 또한 이번만큼은 최찬호의 말이 모두 옳다는 것을 깨달았다.

이제는 진짜니 가짜니 하는 문제가 중요한 게 아니었다.

방송이 나가면, 진짜여도 문제가 되고 가짜여도 문제가 된다. 그렇다면 답은 고민할 것도 없이 하나였다.

[박지헌 쉐프에게 제가 잘 말하고 지금 촬영 분량은 폐기하겠습니다.]

"지금 장난하는 겁니까?"

내가 나온 분량을 폐기한다고 했을 때 박지헌은 불같이 화를 냈다.

그의 입장에서는 제작진이 날 사기꾼, 혹은 거짓말쟁이로 인정했다고 밖에 받아들일 수 없었다.

그리고 여기서 반박하지 않는다면, 자신 또한 졸지에 거짓말쟁이를 지인으로 데려온 꼴이었다.

박지헌은 전문가를 불러 지금 이 자리에서 당장 확인을 하자고 제작진을 윽박질렀다.

"쉐프님, 잠시만요."

하지만 김기성이 직접 박지헌을 불러 따로 얘기를 한 순간 그 역시 상황을 이해할 수밖에 없었다.

48억.

진품일 경우 그 가치가 48억을 넘을 수 있다는 소리를 듣는 순간, 박지헌도 제작진의 선택을 인정할 수밖에 없었다.

"죄송합니다. 아무래도 이번 부분은 문제가 될 소지가 많아서 계속 촬영을 하기 어려울 것 같습니다."

김기성은 따로 내게도 사과를 건넸다. 그리고 그 사과는 무척 정중했다.

이유를 눈치 채는 것은 어렵지 않았다.

이미 김기성이 박지헌을 무대 뒤로 불러 얘기를 할 때 그 내용을 모두 들었기 때문이었다.

보통 사람이라면 듣지 못했겠지만, 어디 내가 보통 사람이던가?

또 48억이라는 걸 듣는 순간 나 역시 헛바람을 삼켜야 했다.

'후우, 레이아의 그림은 말리시더니. 더 엄청난 것을 주시면 어쩌자는 거야.'

한편으로는 고작 친필 사인으로 이 정도 가치를 만들어 낸 셰익스피어에 대해 놀랐다.

만약 그가 자필로 쓴 희곡이라도 있다면, 그 가격은 말 그대로 부르는 게 값이 될 것이다.

"정훈아, 괜찮아?"

무대에서 내려오자 최혜진이 걱정 어린 표정으로 물었다.

한세정과 지현아는 화장실이라도 갔는지 자리를 비운 상태였다.

"안 괜찮을 게 없잖아."

"그러게 왜 그런 물건을 가지고 나왔어? 그냥 평범한 걸 가져오지."

"넌 이게 진짜라고 믿어?"

탁자 위의 책을 손가락으로 톡톡 두드리며 물었다.

내가 출현한 분량에 대한 편집이 결정되자 무대의 스타들은 모두 공통된 표정을 지었다.

그럼 그렇지라는 표정.

그곳에 앉아 있는 대부분이 내가 가져온 물건이 거짓이라고 생각을 한 것이다.

그 대표적인 인물이 바로 정혜미였다.

편집이 결정되자 정혜미는 나를 바라보며 피식하고 웃음을 터트렸다.

바보가 아닌 이상에야 그게 비웃음이라는 것을 모를 리 없었다.

그런데 최혜진은 그녀와 정 반대의 표정으로 나를 쳐다보고 있었다.

"당연히 믿지. 안 믿기에는……."

최혜진이 말을 이으려다가 뒷말을 삼켰다.

사실 최혜진도 혼란스러운 건 마찬가지였다.

그녀의 기억 속 추억을 떠올려보면, 지금 상황에서 믿지 않는 것이 맞을 것이다.

그렇지만 또 반대로 최근 보여준 모습을 보며 충분히 믿을 수 있는 근거가 되었다.

"고마워."

"응?"

"믿어줘서 고맙다고."

"그, 그야 당연하잖아. 우린 친구이니까."

사람이 사람을 믿는 것은 쉬우면서도 결코 쉬운 것이 아니다.

그 때문에 감사의 말을 한 것인데 순간 최혜진의 얼굴이 붉게 달아올랐다.

그리고 그러는 사이 스타의 애장품 녹화는 계속 진행되었다.

"모두 수고하셨습니다!"

"수고하셨습니다!"

"고생하셨습니다!"

촬영의 끝을 알리는 슬레이트가 쳐지자 곳곳에서 힘찬 목소리가 들려왔다.

그와 동시에 대기하고 있던 매니저와 코디, 스타일리스트들이 무대 위로 뛰어 올라갔다.

그들은 각자 담당한 스타의 상태를 체크하느라 여념이 없었다.

"후우. 방청이란 게 꼭 재미있는 것은 아니네요. 그래도 정이성님을 봤으니 여한은 없어요."

"그럼요. 그것만으로도 피로가 싹 사라졌는데."

"정말 너무 멋지다니까요."

최혜진과 한세정, 지현아는 정이성을 주제로 간단하게 대화를 나누고는 곧 작별 인사를 했다.

두 사람은 자신을 초대한 엔젤비너스의 현아와 저녁을 먹기로 약속을 했다고 했다.

그렇게 두 사람을 보내고 나니 촬영을 끝낸 박지헌이 옷을 갈아입고 왔다.

"그래, 소원대로 정이성 씨는 실컷 봤냐?"

"그럼요. 아주 빛이 나던데요?"

"천사냐. 사람이 빛이 나게? 그리고 이거 받아라."

고개를 절레절레 흔든 박지헌이 A4 종이를 내밀었다.

"이게 뭐에요?"

"정이성 사인."

"지, 진짜요?"

놀란 최혜진이 급히 종이를 살폈다. 종이에는 정이성의

사인과 함께 '앞으로도 많이 사랑해주세요. 저도 혜진씨를 사랑할 테니까요.' 라는 정이성 특유의 말투가 적혀 있었다.

"꺄아아아아! 절 사랑하겠대요. 어쩜 좋아!"

"얼씨구. 그깟 사인이 뭐라고. 적어도 사인이라면……."

박지헌의 시선이 내게로 향했다.

동시에 그의 귓가에는 조연출 김기상의 말이 어른 거렸다.

[진품이라면 48억을 호가하는 사인입니다.]

고작 사인 하나가 서울의 건물 한 채 가격이었다.

하느님 위에 건물주라는, 그 건물주가 될 수 있는 돈인 것이다.

"아무튼 고생들 했다. 밥이라도 먹으러 갈까?"

"사주시는 거죠?"

내가 씩 웃으며 묻자 박지헌이 헛웃음을 흘렸다.

"하아. 이래서 어른들 말이 틀린 게 없다니까. 있는 놈이 더한다더니."

"정훈이가 뭐가 어때서요? 밥은 당연히 어른이 사야죠!"

"원래 어른들의 세계에서는 돈 많은 사람이 형님이고 어른이거든?"

박지헌이 퉁명스럽게 중얼거리더니 이내 졌다는 듯 고개를 끄덕였다.

"그래, 내가 산다. 그렇지 않아도 이 근처에 진흙구이 잘하는 곳이 있는데, 촬영하느라 고생도 했으니 몸보신이나 하러가자."

"우아! 진흙구이!"

최혜진이 환호와 함께 나와 박지헌은 카페 밖으로 걸음을 옮겼다.

"아, 거기 차 좀 빼주세요!"

"이 차주 주인 누구야? 다음 스케줄 가야하는데. 사이드는 왜 잠갔는데!"

"머? 배가 아파서 화장실? 안 돼! 일단 좀 참고 스케줄 간 다음에 가면 안 될까?"

카페의 밖은 매니저들이 스타의 다음 스케줄을 준비하는 매니저들로 인해 난장판이었다.

야외무대.

거기다 워낙 많은 스타들이 참석했기 때문이었다.

하지만 애초에 본업이 쉐프인 박지헌에게는 매니저도 코디도 스타일리스트도 없었다.

"기대해도 좋을 거다. 거기 오리구이가 진짜 베일에 싸인 숨겨진 맛 집이거든."

가벼운 발걸음으로 오리구이 자랑을 하는 박지헌과 걸음을 옮길 때였다.

"저기요!"

소리가 들려오는 방향으로 고개를 돌렸다.

그곳에는 검정색 벤에 탑승하기 직전인 정혜미가 서 있었다.

무대에서의 상황이 생각났던 박지헌이 살짝 인상을 쓰고 손가락으로 자신을 가리켰다.

"저 말입니까?"

"아니요. 쉐프님 말고 그 옆이요."

박지헌의 옆에 있는 사람은 바로 나였다.

"무슨 일이죠?"

"아까는 방송 촬영이라 말을 못했는데. 꼭 하고 싶은 말이 있어서요."

"······?"

또각또각!

구두 소리를 내며 걸어온 정혜미가 말했다.

"방송은 장난이 아니에요. 아직 어려 보이는데, 괜히 인터넷 스타 그런 거 한 번 하려고 그런 짓을 해서야 되겠어요? 그러다가 괜히 거짓말쟁이로 낙인찍히면 세상살이 피곤해지니까 앞으로는 조심해요. 인생 선배로서 하는 조언이니까 허투루 듣지 말고요."

"푸웃."

나도 모르게 웃음이 튀어나와 버렸다.

그만큼 정혜미의 말은 우스웠다.

인생 선배로서의 조언?

과연 그녀가 겪은 삶이 내가 겪은 그 수많은 일들보다 다사다난 했을까?

"지, 지금 웃었어요?"

"혜진아, 지헌이 형이랑 일단 차에 가 있어."

"응?"

"잠깐, 얘기 좀 하고 갈게."

옆에 있던 최혜진이 걱정 어린 표정으로 날 쳐다봤다.

"괜찮아."

"후우. 알았어."

고개를 끄덕인 최혜진이 그게 무슨 소리냐는 듯 표정을 짓고 있던 박지헌의 옷을 잡아끌었다.

두 사람이 차를 향해 걸어가자 시선을 다시 정혜미에게로 돌렸다.

"이봐요. 당신이 보고 있는 게 세상의 전부 같습니까?"

"뭐?"

"그냥 보기에 어려보이고 아무것도 아닌 애가 귀한 물건을 가지고 나오니 당연히 거짓 같았어요?"

정혜미가 입술을 살짝 깨물었다.

"너……."

스윽.

그런 그녀를 두고 난 땅에 아무렇게나 떨어져 있는 돌을 집어 들었다.

흠칫.

순간 놀란 정혜미가 급히 뒤로 물러나며 목소리를 높였다.

"오빠!"

동시에 밴에서 덩치가 산만 한 남성이 운전석에서 뛰어나왔다. 한눈에 보기에도 정혜미의 매니저인 것 같았다.

"혜미야, 무슨 일이야?"

"저기 저……."

정혜미가 가리키는 곳에는 내가 집어든 돌멩이가 있었다.

돌멩이를 확인한 매니저의 눈빛이 험악해졌다.

"너 이 새끼 뭐야? 지금 그 돌로 혜미를 찍으려고 한 거야? 이런 미친 새끼가!"

매니저의 두툼한 손이 날 향해 뻗어왔다.

'유도네.'

마이클 도먼의 기억.

미 해군 특수부대 네이비 실 출신인 그는 온갖 격투기에 능한 사람이었다.

동작만으로 어떤 무술인지 알아보는 것은 어려운 일이

아니었다.

또 그에 대한 합리적인 대처 방안 역시 잘 알고 있었다.

하지만 지금의 내 신체는 굳이 그런 합리적인 방안을 따르지 않아도 될 정도로 압도적이다.

휙.

가볍게 몸을 틀어 매니저의 손을 피하고는 왼쪽 주먹을 가볍게 내질렀다.

빠각!

"크악!"

둔탁한 소리와 함께 매니저가 비명을 내지르며 무릎을 꿇었다.

"오, 오빠!"

"뼈를 부러트린 건 아니야. 그냥 일시적으로 근육을 놀라게 해서 충격을 준 거지."

놀라는 정혜미를 향해 지금 상황에 대해 설명을 해줬다.

그녀의 표정은 공포와 불신, 그리고 경악에 휩싸여 있었다.

겉으로 보기에는 나보다 두 배나 되는 체구를 지닌 매니저가 주먹 한 방에 쓰러졌으니, 그럴 만도 했다.

하지만 아직 놀라기는 이르다.

우드득.

앞서 쥐었던 돌을 그녀에게 보인 뒤 힘을 줬다.

그러자 손안에 있던 돌이 마치 두부마냥 그대로 으스러져 버렸다.

"……!"

정혜미의 두 눈동자가 튀어나올 듯 부릅떠졌다.

"이제 좀 이해되려나? 자기가 아는 것만이 세상의 전부가 아니라는 걸?"

"다, 당신……."

삑!

당황한 정혜미가 말을 잇기 전.

주머니에서 차키를 꺼내 주차해 둔 차의 시동을 켰다.

부아앙!

스포츠카의 묵직한 엔진 소리가 장내에 울려 퍼졌다. 동시에 이번에는 정혜미의 볼이 파르르 떨렸다.

그녀 역시 나름 차를 좋아하는 마니아였다.

그렇기 때문에 현재 시동이 걸린 B사의 스포츠카가 대략 어느 정도의 가격인지 알고 있었다.

대중적으로 잘 알려진 일반 스포츠카의 3배가 넘는 가격. 그 가격은 철부지 대학생이 인기나 얻어 보겠다고 감당할 수 있는 수준이 아니었다.

"다시 말하지만 당신이 보는 세상이 전부가 아닙니다."

"끄윽."

정혜미의 시선이 아직 쓰러져 있는 매니저를 향했다. 그리고 다시 나를 쳐다본 그녀는 미비하지만, 고개를 끄덕였다.

사실 정혜미에게 특별한 감정이 있거나 그런 것은 아니었다.

다만 자신의 위치에서 바라보는 것이 모두 진실이고 세상의 전부라고 생각하는 태도에서 화가 났다.

만약에 내가 평범한 신분이 아니라 기업의 회장 혹은 정치인.

또는 그에 준하는 신분을 가진 사람으로 책을 내밀었다면 어땠을까?

분명 사람들의 반응은 오늘의 것과는 달랐을 것이다. 오늘 내가 당한 반응의 이유는 내가 내놓은 물건의 가치보다 나라는 인간의 가치가 낮았기 때문이다.

다시 말해서 세상이 보기에 나라는 존재는 이미 죽어버린 사람의 친필 사인보다도 못한 것이다.

그 현실이 씁쓸하기도 했지만, 엄연히 부정할 수 없는 사실이었다.

"이제는 조금 달라져야겠지. 인정할 건 인정하고 변화할 부분은 변화하고."

지금과 같은 상황에서 매번 같은 일을 반복할 수도 없는 법.

여기에 대한 해답은 하나뿐이었다.

나라는 존재, 한정훈이란 사람을 보는 세상의 시선을 이제는 바꿔야 한다.

"……언제까지 대학생 한정훈일 수는 없는 거니까."

TIME ROULETTE
타임룰렛

Chapter 53. 산삼

방송 촬영이 끝나고 얼마 뒤.

새해를 알리는 종소리가 사방에 울려 퍼진 것이 엊그제 같은데, 벌써 대학교에는 17학번들이 새내기 특유의 상큼함을 뽐내며 돌아다녔다.

그리고 그 상큼함이 무르익어 학교를 잠식할 때 쯤, 나이트에게서 오랫동안 기다리던 소식이 전해져 왔다.

[황교상이 움직이기 시작했습니다.]

3개월 동안의 동면을 끝낸 황교상이 드디어 움직이기 시작한 것이다.

국회의원 선거가 대략 두 달 정도 남은 시기였다.

지역 언론의 인터뷰로 시작한 황교상의 초반 공격은 증거 없는 무차별적인 공격이었다.

그는 단순히 양송찬의 인물 됨됨이와 그의 집안이 옳지 못한 방법으로 부를 쌓았다는 것으로 포문을 열었다.

당연히 양송찬은 코웃음을 치며, 그런 황교상을 헐뜯었다.

지역 내에서도 황교상보다 양송찬의 입지가 높았기 때문에, 황교상은 순식간에 명망 높은 유지를 모욕한 파렴치한이 되었다. 하지만 이 모든 것은 황교상의 계획이었다.

[지금까지 양송찬이 저지른 비리를 폭로하겠습니다.]

전 지검장 출신인 아버지의 밑에서 보고 배운 것이 있던 것일까?

황교상은 나이트가 보낸 자료 외에도 그 스스로 사람을 동원해서 찾은 양송찬의 비리를 터트렸다.

그 내용에는 지역구 의원은 물론 경찰서장과 각종 단체에게 로비를 한 내용이 빼곡하게 적혀 있었다.

그러자 기자들이 냄새를 맡고 서서히 청주에 관심을 갖기 시작했다.

처음에는 단순히 국회의원 선거를 앞두고 늘 있던 후보들끼리의 폭로전이라고 생각했는데, 생각보다 재미있는 기삿거리가 보이기 시작한 것이다.

전국의 3대 주간지는 물론 각종 신문사의 출신들이 청주를 향해 발걸음을 옮겼다.

그때쯤 양송찬 쪽에서도 친분 있는 기자들을 불러 모아서 반박기사를 내보냈다.

[모든 것은 거짓입니다! 허위 사실을 유포한 황교상에게 취할 수 있는 모든 법적인 책임을 물겠습니다.]

양송찬은 자신이 동원할 수 있는 모든 인맥과 힘을 동원해서 황교상을 공격했다.

그럴 것이 지금 황교상을 잡는다면, 5월 국회의원 선거의 결과를 기다릴 것 없이 그 윤곽을 확실히 할 수 있기 때문이었다.

애초에 황교상을 제외한다면, 청주에서 양송찬과 싸울 수 있는 힘을 가진 후보는 없다고 해도 과언이 아니었다.

하지만 이 모든 흐름은 황교상이 기다리고 있던 것이나 마찬가지였다.

똑똑!

청주 시내의 한 찜질방.

찜질 복을 입고 홀로 불가마에 앞에 앉아 정좌한 50대의 노인.

황교상이 감았던 눈을 뜨며, 밖을 향해 목소리를 높였다.

"들어오게."

끼이익!

찜질방의 문이 열리며, 들어온 사람은 찜질방과는 전혀 어울리는 않는 정장차림의 사내였다.

화아악!

얼굴을 향해 훅 들어오는 뜨거운 열기에 잠시 인상을 썼던 사내가 언제 그랬냐는 듯 표정을 바로하고는 황교상의 앞으로 갔다.

"그래 어떻게 됐나?"

"저희 예상대로입니다. 양송찬이 기자들한테 떡값 좀 쥐어주고 연일 기사를 쏟아내게 하고 있습니다."

"의원들 반응은?"

"분위기도 무르익었으니, 슬슬 시작하는 게 어떻겠느냐고 의견을 전해 오셨습니다. 아, 그리고 곽 의원께서 보좌관을 시켜 사진을 몇 장 보내셨습니다."

"곽 의원이 사진을?"

황교상이 고개를 갸웃거렸다.

곽 의원은 현재 서울 마포구의 3선 의원이었다.

또한, 그는 야당의 행동대장격인 인물이기도 했다.

"곽 의원이 보낸 사진입니다."

사내가 주머니에서 사진 몇 장을 꺼내 내밀었다.

황교상이 목에 두르고 있던 수건으로 손의 땀을 닦은 뒤 사진을 받아 들었다.

"하하! 그 노인네 별 걸 다 준비했군."

사진 속에는 양송찬과 중년 사내의 술자리가 담겨 있었다.

중년 사내는 여당의 3선 의원으로 송파구를 지역구로 삼고 있는 이태훈이었다.

"나쁘지 않구나."

사실 이 사진은 어찌 보면, 그냥 어디에서나 볼 수 있는 평범한 술자리 사진에 불과했다.

하지만 이런 평범한 사진도 상황과 사용 방법에 따라서 충분히 강력한 무기가 될 수 있었다.

"그래, 찾아보라는 것은 찾아봤나?"

"……죄송합니다. 아무래도 누가 어르신께 보냈는지 찾는 것은 어려울 것 같습니다."

"돈을 더 써도?"

"이쪽 분야의 전문가에 따르면, 돈이 문제가 아니라고 했습니다. 상대가 굳이 자신을 보이지 않으려 한다면, 잘못 건들일 경우 도리어 피를 볼 수 있으니 찾지 않는 쪽을 추천했습니다."

"대체 누가……."

황교상은 몇 달 전 자신의 메일로 도착한 녹음 파일을 떠올렸다.

파일의 목소리를 듣는 순간 그 주인공이 자신의 정적인 양송찬이라는 사실을 알아차리는 것은 어렵지 않았다.

그리고 그 녹음 파일이 얼마 남지 않은 국회의원 선거에서 양송찬의 목을 날릴 수 있는 무기가 될 것이라는 사실도 말이다.

하지만 그냥 무턱대고 그것을 사용하기에는 찝찝함이 있었다.

상대가 어떤 목적과 의도로 자신에게 이러한 것을 보냈는지 알 수 없기 때문이었다.

자칫 함부로 사용했다가는 오히려 나중에 자신의 목을 죄는 목줄이 될 수도 있었다.

하지만 그렇다고 해서 그냥 모른 척 버리기에는 메일에 담겨 있는 파일의 가치가 문제였다.

잘만 활용하면, 단숨에 양송찬을 밑바닥까지 끌어내릴 수 있을 만큼 강력한 무기였기 때문이었다.

"최소 내가 국회의원을 하는 동안은 감옥에서 썩을 테니까 말이야."

"네?"

"아니다. 앞으로 찾는 것은 그만 두어라. 선거도 얼마 안

남았으니, 그 자료를 활용해서 양송찬을 공격하는 데만 집
중하면 될 것 같구나."

"알겠습니다. 어르신."

황교상이 슬쩍 사내를 쳐다봤다.

이미 사내의 얼굴은 찜질방의 열기로 붉게 달아오른 상
태였다.

이마에는 송골송골 땀방울이 가득 맺혀 있었다.

"그래, 더울 테니 그만 나가서 쉬려무나."

"그럼, 밖에서 기다리고 있겠습니다."

사내가 허리를 90도로 숙여 인사한 뒤 문을 열고 밖으로
걸어 나갔다.

그 모습을 지켜본 황교상이 이내 눈을 감았다.

감은 눈 사이로 아버지의 모습이 스치듯 지나갔다.

검사 출신으로 청주의 지검장까지 지냈으나, 그에 만족
하지 못하고 국회의원에 도전했던 아버지였다.

그러나 그간 쌓은 인맥에도 불구하고 번번이 선거에서는
낙마.

그로 인해 고조할아버지 때부터 내려왔던 그 많던 재산
도 탕진했다.

그나마 말년에 국회의원의 꿈을 접고 다시 재산을 불리
는데 관심을 뒀기에 아직까지 지역유지로 행세할 수 있었
다.

만약 그 당시 아버지가 고집을 꺾지 않고 국회의원 선거에 출마했다면, 상황은 지금과 많이 달랐을 것이다.

어찌됐든 그런 아버지의 밑에서 자랐기 때문일까?

어린 시절부터 황교상은 아버지가 달려갔지만 못 이룬 꿈, 그 꿈을 자신이 꼭 이뤄주고 싶다는 생각을 했다.

그리고 이제 그 꿈까지는 두 달도 남지 않았다.

"……욕심 버리고 안에서 푹 쉬다가 나오시게나."

NC 백화점.

서울 강남구 소재.

그 층수는 지상 17층, 지하 8층의 거대 백화점이었다.

하늘을 찌를 듯 거대하게 솟아 있는 백화점을 잠시 바라보고 있자니, 가벼운 휘파람 소리가 흘러나왔다.

"후유."

불과 3시간 전까지만 해도 증평에서 집을 정리하고 있었기 때문일까?

간혹 서울로 올라오면, 그 높은 건물의 모습에 숨이 막힐 때가 있다.

시골의 청명한 공기와 달리 미세먼지 역시 가득하고 말이다.

웅성웅성.

평일임에도 유명백화점인 탓인지 꽤나 많은 사람들이 입구를 들락날락하고 있었다.

"…후아, 선물을 최대한 빨리 골라야겠네. 아버지 퇴원이 다섯 시라고 했으니, 적어도 네 시 반까지는 병원으로 가야겠지?"

오늘은 기대하고 기대하던 아버지의 퇴원 날이었다.

그 때문에 앞서 증평에 들려 집의 청소를 하고 난 뒤, 아버지에게 드릴 퇴원 선물을 사기 위해서 백화점에 들린 것이다.

시간을 계산하고 난 뒤 NC 백화점의 안으로 들어섰다. '어서 오세요' 라는 인사를 받으며 익숙한 태도로 에스컬레이터 올라섰다.

목적지는 6층, 건강식품 매장이었다.

아무래도 병원에 잇는 동안 건강히 많이 쇠약해졌으니, 그나마 건강식품이 제일 적합할 듯싶었다.

"…홍삼이 제일 무난하겠지?"

흑마늘, 수삼, 인삼 등등 다양한 건강식품이 있지만, 그래도 제일 무난하게 알려진 것은 홍삼이었다.

일전에 아버지가 홍삼을 드시는 것을 본 적이 있으니, 체질적인 문제는 고려하지 않아도 될 테고 말이다.

"음, 제법 한산하네."

에스컬레이터를 타고 6층에 도착해서 주변을 둘러봤다.

건강식품 전문 매장이기 때문일까?

6층은 다른 층과는 달리 비교적 한산한 상태였다.

하지만 그렇다고 해서 꼭 좋은 것만은 아니었다.

6층에 발을 내딛고 걷는 순간부터, 매장 직원들의 시선이 내게로 쏠렸기 때문이었다.

그들에게 있어서 나는 물건을 팔아야 할 손님, 관심을 갖는 것이 당연했다.

"흐음."

길 잃은 아이처럼 6층의 매장을 살펴보다가 머리를 긁적거렸다.

생각보다 각종 브랜드의 건강식품 매장이 많아 어떠한 곳에서 물건을 사야할지가 고민됐다.

한참을 둘러본 끝에 한정훈의 시야에 적당한 매장이 들어왔다.

다른 곳보다 세 배는 될법한 매장 크기와 여섯 명이나 되는 직원들이 바삐 움직이고 있는 곳이었다.

천명 건강식품.

휴대폰으로 검색을 해보니, 대한민국의 건강식품 기업 중에서 매해 1위와 2위를 다투는 회사였다.

"어서 오세요. 손님."

여자 점원이 상냥한 미소로 인사를 건넸다. 고개를 끄덕여 답례한 뒤, 진열대에 있는 건강식품을 쳐다봤다.

단환과 즙부터 시작해서 이름 모를 가루까지 그 종류만 수십 종이 넘었다.

'뭐가 뭔지 하나도 모르겠네.'

난처함이 들 무렵 점원의 목소리가 다시 들려왔다.

"혹시 찾는 게 있으세요?"

"아뇨. 그런 건 아니고 선물을 좀 하려고 하는데요."

"아, 부모님이요?"

미소 짓고 되묻는 점원의 물음에 고개를 끄덕였다.

"네, 맞아요."

"아버님이세요? 아니면 어머님이세요?"

"아버지에요."

"아버님이라면, 이 제품이 어떨까요?"

직원이 진열대의 가장 위쪽에 있는 것을 꺼내었다.

"요새 아주 인기 있는 제품이에요. 홍삼에 꿀을 약간 섞은 것인데, 씁쓸하지 않아서 어른들이 아주 좋아하시거든요. 하루에 세 번 숟가락으로 떠서 먹으면 돼서 드시기에도 편하고요. 그리고……."

점원이 슬쩍 내가 입은 옷차림을 훑어봤다.

점원의 덕목 중의 하나는 바로 손님을 보는 안목이다.

보통은 상대의 옷차림에 맞춰 추천을 해주는 게 일반적이다.

무조건 비싼 걸 추천해봤자, 손님이 사지 않으면 시간은 시간대로 날리고 아무런 성과도 올리지 못하기 때문이었다.

그 때문에 항상 손님의 옷차림을 통해 재력을 유추하고 그에 합당한 제품을 추천해서 구매를 유도하는 것이, 비즈니스의 기본이었다.

"가격대도 아주 저렴하게 나온 것이라서 큰 부담이 되지 않으실 겁니다."

점원의 설명대로 가격을 살짝 보니 31만 원이었다.

일반인이 생각하기에 저렴한 가격은 아니었지만, 또 한편으로는 백화점에서 파는 건강식품 가격치고는 비싼 금액은 아니었다.

"음. 혹시 교통사고를 당하고 퇴원하는 분께 좋은 건강식품도 있나요?"

"네?"

"가격은 상관없습니다."

내가 담담히 말하자 점원의 눈이 반짝였다.

"교통사고를 당하셨으면, 기력이 많이 약해셨을 텐데. 그럼, 기력을 보충하는 제품으로 추천해드릴까요?"

"네, 그렇게 해주세요."

대답을 하자 점원이 곧장 몇 개의 제품을 가져왔다.

동시에 그 가격대는 백만 원을 훌쩍 뛰어 넘었다.

"이 제품은 소량이지만 산삼이 들어간 제품이에요. 산삼은 예전부터 기력을 회복하는데, 아주 탁월한 효과가 있는 약초거든요."

"산삼이요?"

그러고 보니 생각을 하지 못했다.

홍삼과 인삼도 물론 몸에 좋지만, 그보다 월등히 몸에 좋은 약초가 있었음을 말이다.

"그리고 여기 이 제품은……."

"잠깐만요. 혹시 백화점에서 진짜 삼도 팝니까?"

한쪽에 진열되어 있는 원형의 홍삼과 수삼, 인삼 등을 보며 물었다.

점원이 활짝 웃으며 말했다.

"그럼요! 저기 있는 제품 모두 구매가 가능하신 제품입니다. 홍삼, 수삼, 인삼 어떤 것으로 보여드릴까요?"

"아니요. 그것 말고 산삼 말입니다."

"……."

처음으로 점원이 당황하는 표정을 지었다.

하지만 그도 잠시. 이내 예의 미소를 찾으며, 말을 이었다.

"죄송하지만 손님. 산삼은 저희 매장에…… 있긴 있는데요. 그게 가격이……."

점원의 눈이 빠른 속도로 내 옷차림을 훑었다.

이건 그녀의 잘못이 아니다.

비즈니스를 하는 사람으로 어쩔 수 없는 행동이었다.

그런 그녀에게 지갑에서 블랙 카드를 꺼내 내밀었다.

"……!"

동시에 점원이 눈이 크게 떠졌다.

블랙 익스프레스 카드. 0.1%의 상류층만이 발급받아 사용할 수 있다는 바로 그 카드였다.

점원 역시 교육 시간에 팸플릿을 통해 보기만 했을 뿐.

실제로 접하는 것은 처음이었다.

"자, 잠시만 기다려주세요."

허리를 90도로 숙인 점원이 재빨리 안쪽으로 걸음을 옮겼다.

그리고 30초 정도 지났을까?

또각또각!

조금 전의 점원보다 나이가 들어 보이는 여성이 재빠른 걸음으로 내게 다가왔다.

"안녕하십니까? 지점장 차태희라고 합니다. 이렇게 귀한 손님을 모시게 돼서 영광입니다."

영광이라는 소리에 머리를 긁적거렸다.

'괜히 산삼 얘기를 꺼냈나?'

하지만 이미 엎질러진 물이었다.

그리고 퇴원하는 아버지의 건강을 위해서 이 정도는

충분히 감내할 수 있었다.

"직원을 통해 얘기를 들으니 산삼을 찾으셨다고 들으셨는데, 혹시 맞으신가요?"

"네, 여기에 산삼도 있나요?"

"그럼요. 소량이지만 특별한 분들을 위해서 준비되어 있습니다. 그리고 오늘은 딱 두 뿌리가 남아 있고요. 바로 며칠 전에 김희정 씨도 저희 매장에서 한 뿌리 사가셨답니다."

김희정이라면 나도 익히 알고 있는 배우다.

대한민국 탤런트 중에서도 드라마 평균 출연료가 천만 원이 넘는다고 알려진 유명한 여배우였다.

다만 한 가지 안 좋은 소문이 뒤따랐는데, 바로 조폭과의 관련설이었다.

국내 유명 조직폭력배 보스의 내연녀라는 둥 집안이 국내 굴지의 조폭 집안이라는 둥의 소문이 꼬리를 물고 떠돌아 다녔다.

하지만 대부분 인터넷에서 떠도는 소문이 그렇듯 연예계 관련자들은 뜬소문이라고 일축하고 있었다.

나 또한 그 사실을 전부 믿지는 않았다.

연예인과 조폭과의 관련설은 대중들이 감기에 걸리는 것처럼 유명 연예인이라면 흔하게 겪는 일 중 하나였다.

'김희정 같은 연예인도 여기서 샀다면, 적어도 가짜를

파는 건 아니겠네.'

생각을 정리하고는 입을 열었다.

"두 뿌리 모두 보여주세요."

"네, 알겠습니다."

차태희가 손짓을 하자 뒤쪽에서 대기하고 있던 직원이 고급스러운 목함을 들고 왔다.

그 사이 손에 흰 장갑을 낀 차태희가 조심스레 목함을 열었다.

딸칵.

목함 속에는 이끼를 뒤집어 쓴 산삼 두 뿌리가 있었다.

"50년 된 천종삼 두 뿌리입니다. 기력을 보호하는 데 아주 뛰어난 효과를 지니고 있습니다."

"홍삼이나 인삼이랑 비교하면 어떤가요?"

"네? 호호호."

뜬금없이 든 궁금증에 질문을 하자 차태희가 가볍게 웃음을 흘렸다.

"죄송합니다. 그렇게 물어보신 분은 처음이어서요. 음, 아무리 홍삼과 인삼이 기력 회복에 좋다고 해도 산삼과 비교할 수는 없답니다. 몇 달 동안 홍삼과 인삼을 장복하는 것보다 좋은 산삼의 향기를 한 번 맡는 것이 더 효과가 좋다는 말이 있을 정도니까요."

"그래요?"

물론 차태희의 말은 어느 정도 과장이 섞인 것이 맞다.

하지만 그만큼 산삼이 귀하고 몸에 좋다는 소리였다.

그리고 내 마음 역시 아버지를 위한 선물로 산삼을 결정한 뒤였다.

"또 산삼은 생으로 드셔도 좋고 한의사에게 맡겨 보신단 등의 환을 만들어 드셔도 아주 좋답니다. 환으로 만들 생각이 있으시면, 저희가 한의사 선생님을 소개해드릴 수도 있습니다."

차태희의 제안에 잠시 생각을 하다가 고개를 저었다.

굳이 한의사를 소개받는다면, 차태희의 소개보다는 안 집사를 통하는 편이 좋을 것 같다는 생각이 들었다.

"소개는 됐습니다. 그보다 이거 가격은 얼마죠?"

"뿌리당 1,500만 원입니다."

두 뿌리였으니, 다시 말해서 총 3,000만 원이었다.

확실히 홍삼과 인삼으로 만들어진 고급 건강식품이 300만 원인 것을 고려하면 그 가격이 수배나 비쌌다.

하지만 산삼은 애초에 날 때부터 그 주인이 정해져 있다고 했다.

돈이 있다고 해서 구할 수 있는 것이 아니라, 운 때가 맞는 사람만이 가질 수 있는 것이다.

게다가 지금 내 입장에서 아버지를 위해 3,000만 원을 사용하는 것은 그리 큰 지출도 아니었다.

"계산해주세요."

"탁월하신 선택이십니다. 잠시만 기다리세요."

차태희가 계산을 위해 자리에서 사라지고 얼마나 지났을까?

한지로 곱게 포장된 목함을 전용 쇼핑백에 담은 차태희가 걸어 나왔다.

"여기 이건 이번에 신상품으로 나온 홍삼 진액입니다. 아침저녁 물에 타 드시면, 산삼만큼은 아니지만 그래도 기력 회복에 도움이 되실 겁니다."

차태희가 서비스로 건넨 것은 맨 처음 점원이 추천했던 홍삼이었다.

"감사합니다. 그럼, 수고하세요."

카드와 영수증 그리고 잘 포장된 산삼이 들어있는 쇼핑백을 챙겨들고 매장을 벗어났다.

슬쩍 시계를 확인 해보니 오후 2시 10분이 넘어 가고 있었다.

"지금 출발하면, 아버지가 퇴원 수속 밟기 전에 도착하겠는데?"

좋은 선물을 구했기 때문일까?

나도 모르게 입가에 절로 걸린 미소로 걸음을 옮길 때였다.

카키색 정장을 입은 사내가 거친 몸놀림으로 매장의 입구로 들어섰다.

쿵!

"끄응."

순간적인 충격이 전해져 왔지만, 이미 단련된 신체는 언제 그랬냐는 듯 그 충격을 해소했다.

신음이 흘러나온 것은 정신적으로 기분이 나빴기 때문이었다.

"뭐가 저리 급하다고."

찌푸려진 얼굴로 고개를 뒤로 돌렸다.

사람을 쳐놓고서도 카키색 정장의 사내는 사과 한마디 없이 매장을 두리번거리고 있었다.

마음 같아서는 당장 다가가서 한소리 하고 싶었지만, 그리하면 괜히 애꿎은 시간만 낭비될 게 뻔했다.

"후우. 좋은 선물도 구했는데. 아버지 기다리게 하지 말고 빨리 가자."

오늘은 아버지가 퇴원하시는 기분 좋은 날이었다.

이런 날 괜히 시비가 벌어지게 만들고 싶지는 않았다.

또 덩치가 큰 사내들끼리 어깨가 부딪치는 일은 어디서나 종종 벌어지는 일이었다.

명동과 압구정만 가도 어깨나 몸을 부딪치는 일은 시빗거리도 되지 못했다.

산삼이 든 쇼핑백을 제대로 챙겨들고 에스컬레이터에 몸을 실었다.

건강식품 매장을 살피던 사내의 이름은 강태수.

그는 대한민국 톱스타로 이름 높은 여배우 김희정의 매니저였다.

매니저들 세계에서는 부러움을 받는 위치였지만, 현재 강태수의 기분은 최악이었다.

바로 오늘 아침에 걸려온 한 통의 전화 때문이었다.

[태수 오빠, 나 저번에 백화점에서 샀던 산삼 있지? 그것 좀 사다줘.]

"산삼? 너 그거 안 먹는다며? 그때 김 선생도 그랬지만 넌 몸에 열이 많아서 산삼이랑 안 맞는다니까."

강태수는 속으로 치미는 욕을 최대한 삼키며, 부드럽게 말했다.

그럴 것이 일전에 김희정이 산삼을 먹겠다고 난리를 쳤던 적이 있었다.

건강이 안 좋아서? 기력이 떨어져서?

차라리 이런 이유였으면, 이해를 했을 것이다.

하지만 김희정이 산삼을 찾은 이유는 황당하기 짝이 없었다.

어디선가 산삼 가루로 만든 팩이 피부에 좋다는 얘기를 들었기 때문이었다.

덕분에 김희정에게 속한 자신과 코디, 스타일리스트들은

때 아닌 산삼을 찾아 서울의 온갖 한약방과 건강식품점을
돌아다녀야 했다.

김희정은 자신이 원하는 것을 가질 때까지 스케줄 자체
를 멈춰버렸기 때문이었다.

아무리 산삼이 귀하다고는 하지만, 김희정이 스케줄을
멈춤으로 발생하는 위약금보다는 저렴했기 때문에 소속사
는 울며 겨자 먹기로 산삼을 찾을 수밖에 없었다.

다행히 지인을 통해 NC 백화점에 입고된 세 뿌리의 산삼
중 하나를 구했었는데, 그게 불과 일주일 전의 일이었다.

[누가 내가 먹으려고 그런데? 오늘 장 회장님 오시기로
했단 말이야. 일전에 정가인 그 계집애한테 빼앗길 뻔한 내
CF도 찾아주셨는데, 감사의 인사로 그 정도는 해야 하지
않겠어? 아니면, 그냥 도라지를 넣고 산삼으로 속여? 말이
안 되잖아.]

"장 회장?"

강태수가 습관적으로 머리를 짚었다.

김희정이 말하는 장 회장은 동원그룹의 장칠현 회장이었
다.

올해로 일흔인 장칠현은 대한민국 식품 유통계의 절대강
자였다.

또한, 흙수저에서 시작해서 지금의 위치에 오른 그의 삶
은 많은 사람들에게 귀감이 되기도 했다.

하지만 이건 어디까지나 표면적인 사실일 뿐이다.

업계의 알 만한 사람은 장칠현 회장이 여자 연예인 킬러임을 알고 있다.

이 때문에 여자 연예인 매니저들 사이에서 장칠현 회장은 아주 골칫덩어리였다.

"희정아, 장 회장이 너한테 도움 많이 주는 건 아는데, 계속 그렇게 만나는 거 좀 그렇다. 사실 말이 나와서 하는 말인데 그 사람이랑 네 나이 차이도 그렇고 또 소문이 그렇게 좋은 것도 아니잖아."

[나이가 뭐가 어때서. 남자가 돈만 많으면 됐지. 그리고 소문? 이 바닥에 소문 좋은 사람이 어디 있어? 게다가 그렇게 불만이면, 오빠가 장 회장한테 직접 말해보던가. 그럴 수 있어?]

"……."

[아무튼 오늘 저녁 7시에 오신다고 하셨으니까. 5시까지 사다줘. 알았지?]

"후우. 그래, 내가 지금 구미 내려가는 길이니까. 명수한테 시켜서 시간 맞춰 가라고 하마."

[싫은데. 오빠가 사다줘.]

"김희정!"

[어머, 지금 오빠 나한테 소리 지른 거야?]

"……그게 아니라. 지금 내가 일이 있어서 구미에 가는

중이거든. 아마 오늘 저녁 늦게 끝날 것 같다. 어차피 그냥 백화점 가서 물건만 사면 되는 거잖아? 그 정도는 명수도 충분히 할 수 있어. 아니면, 코디인 정혜한테 내가 말해둘 게."

[흐음, 싫은데.]

"희정아!"

[난 분명 오빠한테 사와 달라고 했어. 오빠가 안 사오면 나 다음 주 스케줄 안 갈 거야. 대표님한테 그렇게 말할 거고. 내 말 무슨 뜻인지 알지? 그럼 그렇게 알고 전화 끊는다.]

뚝!

할 말을 끝낸 김희정은 더는 볼일이 없다는 듯 전화를 끊었다.

그와 동시에 강태수는 타고 있던 차의 핸들을 부서져라 주먹으로 내리쳤다.

부들부들.

"이런, 개 시발! 시발! 시발!"

당장 김희정에게 다시 전화를 걸어 온갖 욕을 퍼붓고 싶다는 생각이 치밀어 올랐다.

하지만 그리 했다가는 어떤 일이 펼쳐질지 그 누구보다 강태수 본인이 잘 알고 있었다.

결국, 강태수는 이미 잡혀 있던 약속을 모두 취소하고

구미에서 서울로 차를 돌렸다.

더럽고 치사했지만 스타의 매니저인 이상, 또 이 업계를 떠날 게 아니라면 김희정의 말을 듣지 않을 수가 없었다.

적어도 지금 시점에서 갑은 김희정이었고 을은 자신이었기 때문이다.

"후, 제길. 대체 어디 있는 거야? 설마 고작 일주일 밖에 안 지났는데 팔린 건 아니겠지?"

"어서 오세요. 무엇을 도와드릴까요?"

매장 이곳저곳을 살피는 강태수에게 매장 점원이 다가와 물었다.

머리를 긁적거리던 강태수가 양복 안주머니에서 명함을 한 장 꺼내 내밀었다.

"탤런트 김희정 씨 아시죠?"

"어머! 당연히 알죠!"

"전 그 매니저인 강태수라고 합니다."

"네, 안녕하세요. 그런데 김희정 씨 매니저께서 오신 거라면 혹 저번에 구매하신 산삼이 문제가 있었나요?"

점원이 놀란 표정을 지었다가 혹시나 하는 표정으로 물었다.

강태수가 고개를 흔들며 말했다.

"아니요. 문제는 없었습니다. 그때 세 뿌리 중에서 한 뿌리만 구매했는데, 이번에 한 뿌리 더 구매하려고요. 가능하겠죠?"

애써 치밀어 오르는 불안감을 억누르며 강태성이 물었다.

하지만 언제나 안 좋은 불안감은 현실이 되는 법이었다.

점원이 미안한 표정으로 말했다.

"아, 네. 그런데 죄송해서 어떡하죠. 이미 두 뿌리 모두 팔렸습니다."

순간 강태수의 얼굴이 굳어졌다. 머릿속에는 벌써부터 김희정의 히스테리가 그려졌다.

"······두 뿌리 모두 팔렸다고요?"

"네, 조금 전 매장에서 나가신 남자 분이 두 뿌리 모두 사 가셨는데요."

강태수가 시간을 확인하니 2시 15분이었다.

김희정이 5시까지 준비하라고 했으니, 이동을 시간을 제외하면 남은 시간은 고작해야 2시간 정도에 불과했다.

시간이라도 넉넉했다면, 다른 곳을 찾아보겠지만 지금은 시간마저 부족한 상황이었다.

"저기 다른 백화점이나 매장에서 구할 수는 없을까요?"

강태수의 물음에 점원이 고개를 흔들었다.

"연락을 해볼 수는 있지만, 아마 어렵지 않을까 싶습니다. 해당 제품도 이번 연말 프로모션 행사로 특별히 준비한 것이거든요. 준비 과정도 굉장히 길었고 평상시에는 저희 매장에서도 취급이 어려운 물건입니다."

"젠장. 이거 미치겠군."

"네?"

갑작스러운 강태수의 욕지거리에 점원이 당황한 표정을 지었다.

하지만 화를 낼 수는 없었다.

그런 행동을 보이는 즉시, 백화점은 욕을 한 당사자가 아닌 화를 낸 자신에게 징계를 가할테니까 말이다.

"아까 나간 남자라고 했죠?"

"네."

"알겠습니다."

고민하는 표정을 짓던 강태수가 재빨리 에스컬레이터를 향해 뜀박질을 시작했다.

TIME
Roulette
타임룰렛

Chapter 54. 피할 수 없는 운명

NC 백화점 주차장.

구매한 산삼을 트렁크에 싣고 막 차에 탑승하려는 순간, 주머니의 휴대폰에서 진동이 울렸다.

우웅.

[최혜진]

"요새 자주 전화하네."

확실히 스타의 애장품 녹화 촬영 이후 최혜진에게서 걸려오는 연락 횟수가 부쩍 늘었다는 생각이 들었다.

"여보세요?"

[정훈아! 너 이번 주 주말에 뭐해?]

"바쁘다."

[바빠? 왜?]

"왜 바쁜지 그 이유도 내가 설명해야 하냐?"

[쳇, 이번 주말에 놀이동산 가자고 하려 했는데.]

"……어린이냐? 놀이동산을 가게."

[우리 아직 21살이거든? 어린이 맞거든?]

"그렇게 가고 싶으면, 영기랑 가던가."

[넌 왜 만날 영기랑 가라고 그래! 영기랑 갈 거면 내가 개한테 전화하지 너한테 전화했겠냐!]

버럭 화를 내는 최혜진의 고함에 잠시 당황할 무렵이었다.

"이봐! 어이 이봐!"

주차장 반대편에서 허스키한 목소리가 들렸다.

"혜진아, 잠깐만."

반대편을 살피니 자신을 향해 달려오는 카키색 정장을 입은 사내가 보였다.

짧은 스포츠 머리에 듬직한 어깨와 190cm는 되어 보이는 큰 키.

척 보기에도 보통사람으로서는 위압감이 드는 모습이었다.

'저 사람 아까 백화점에서 본 사람이네?'

자신을 부른 사람은 분명 건강식품 매장에서 어깨를

부딪쳤던 사람이 분명했다.

한달음에 자신의 앞까지 달려온 사내가 숨을 고르며 말했다.

"후우, 후우. 자네 혹시 아까 백화점에서 산삼 사 가지 않았나?"

"그렇긴 한데. 무슨 일이시죠?"

내 입에서 경계 어린 목소리가 흘러나왔다.

내가 산삼을 구매했다는 것을 상대가 알고 있기 때문이었다.

더욱이 사람의 인간관계는 첫인상이 중요한 법이다.

그런데 이 사내는 이미 건강식품 매장에서 나에게는 아주 안 좋은 첫인상을 남겼다.

당연히 사내를 대하는 내 목소리가 좋을 리 없었다.

"난 탤런트 김희정 씨 매니저인 강태수라고 하네."

"김희정? 용과 여인의 그 김희정?"

용과 여인은 내가 중학교 때 방영했던 드라마로 김희정의 데뷔작이자 시청률 48% 달성한 히트작이었다.

강태수가 고개를 끄덕이며 말을 이었다.

"맞네. 그 아까 매장에서 자네가 산삼을 사 갔다고 들었는데."

"맞습니다."

강태수의 시선이 내 뒤에 주차되어 있는 차로 향했다.

순간적이지만, 그의 눈꼬리가 미세하게 떨렸다.

"미안하지만, 그 산삼 나한테 팔면 안 되겠나?"

"네?"

"자네가 구매한 가격보다 조금 더 줄 테니까 나한테 다시 팔라는 말일세."

"하하…."

아닌 밤중에 홍두깨라고 이런 일도 다 생기는구나라는 생각이 들었다.

'뭐, 무슨 사정이 있을 지도 모르니까.'

그래도 화를 내기보다는 일단은 이 강태수라는 사람의 말을 들어보기로 했다.

정말 절실한 이유라면, 내게 두 뿌리가 있으니 한 뿌리를 팔지 못할 이유도 없었다.

"왜 다시 팔라는 건데요?"

"그게 그러니까……."

강태수가 난처한 표정을 짓다가 말을 이었다.

"김희정 씨가 봉사활동을 다니는 고아원이 있는데. 거기 한 아이가 몸이 몹시 좋지 않다네. 한의사 말로는 산삼이라도 먹으면, 좀 괜찮아 질 수 있다고 해서 말이야."

"그래서 김희정 씨가 산삼을 사서 그 아이한테 주려고요?"

"그래, 바로 그거네."

순간 내가 집중해서 강태성을 바라보니, 그의 몸에서 붉은 기운이 강렬하게 솟구쳐 올랐다.

'거짓이네.'

〈진실과 거짓〉
고유: Passive
등급: A
설명 : 태어나서부터 자신이 가진 돈을 노리고 접근하던 사람들로 인해 숱한 배신을 당하고 끊임없이 주변의 사람을 의심해야 했던 송지철의 고유 특기입니다.
효과: 상대의 말에 집중하고 있을 경우 진실과 거짓을 구분할 수 있습니다.
대상이 하는 말이 진실일 경우에는 몸에서 파란색의 기운이 거짓일 경우에는 붉은색의 기운이 강합니다.

강태성은 모르겠지만, 이미 내게는 그 사람의 말이 진실인지 혹은 거짓인지를 구분할 수 있는 능력이 있었다.

"그래서 말인데. 꼭 그 산삼 좀 팔아주게."

"그런 좋은 일에 사용하는 건데 어떻게 거절하겠습니까?"

"그럼?"

강태성의 얼굴이 눈에 띄게 밝아졌다.

하지만 그도 잠깐에 불과했다.

"어느 고아원에 누구입니까? 제가 직접 방문해서 산삼을 선물하죠."

"……!"

"제 입으로 이런 말씀은 그렇지만. 저도 어느 정도 삽니다. 게다가 좋은 일에 사용하기 위해서인데, 돈을 받고 팔면 왠지 제가 나쁜 사람이 되는 것 같아서 말이죠."

"그, 그렇지 않네. 나쁜 사람이라니!"

"아니요. 그래서 어느 고아원에 누구인가요? 말이 나온 김에 지금 방문하도록 하겠습니다."

뻑!

동시에 나는 차키로 차의 시동을 걸었다.

그것을 바라본 강태성의 눈 꼬리가 조금 전보다 더 파르르 떨렸다.

결국, 강태성이 휴대폰을 꺼내는 척 하다가 이내 똥 씹은 표정으로 말했다.

"……그냥 이유는 묻지 말고 한 뿌리만 팔아주면 안 되겠나?"

"네?"

"후우. 자네가 산 가격의 두 배를 주겠네. 이 정도면 이유와 상관없이 팔 만한 금액 아닌가?"

확실히 두 배라고 하면, 작은 금액이 아니다.

만약 과거의 나였다면, 눈이 휘둥그레져서 당장 팔아 넘겼을 것이다.

하지만 지금의 나는 과거의 나와는 다르다.

"거절하죠. 저도 쓸 곳이 있어서 산 겁니다. 이유라도 합당하면 모를까, 그런 것도 아니라면 팔 이유가 없습니다."

더는 할 말이 없다는 식의 표현으로 시동 걸린 차의 문을 열려던 순간이었다.

"어이, 다시 한 번 부탁하지. 정말 두 배를 쥐도 안 팔 건가?"

"같은 말을 계속하게 하시네요. 저도 쓸 곳이 있어서 산 겁니다. 특별한 사정이 아니라면, 굳이 팔 이유가 없죠."

"잠깐!"

차에 막 탑승하려던 순간 강태성이 내 어깨를 잡았다.

단순히 잡았다고 하기에는 손아귀에 들어간 힘이 심상치 않았다.

"지금 뭐하는 짓이죠?"

저벅.

한 걸음 더 가까이 걸어온 강태성이 나지막한 목소리로 소곤거렸다.

"좋게 말 할 때 좋게 가자. 보니까 제법 사는 집 도련님 같은데, 세상은 돈이 전부는 아니야. 아무리 돈이 많아도 곤란한 상황은 언제든 만날 수 있는 법이거든."

"……."

명백한 협박이었다.

그리고 그걸 깨닫는 순간 헛웃음이 흘러 나왔다.

"하아, 이것 참."

그저 아버지 퇴원 선물을 하나 사고자 백화점에 왔을 뿐
인데, 정말 웃기지도 않은 일이 생겨버렸다.

"팔아라. 가격은 아까 말한 것처럼 두 배 주겠다."

"후우…."

한숨과 함께 오른손에 힘이 들어갈 찰나였다.

내 어깨를 잡은 강태성의 손이 떨어졌다.

위이잉.

강태성의 양복 안주머니에서 진동소리가 울린 것이다.

"여보세요?"

[오빠, 어떻게 됐어?]

"그게 거의 다 구했다."

[거의? 그게 무슨 말이야. 구했으면 구했고 못 구했으면
못 구한 거지.]

휴대폰을 쥐고 있는 강태성의 손에 힘이 들어갔다.

'이년은 지금 내가 어떤 짓을 벌이면서까지 구하고 있는
줄 알고 있는 거야? 젠장.'

[아무튼 오빠 지금 구했다는 건 아니지? 그럼, 구하지
마.]

"뭐?"

강태성은 순간 자신의 귀를 의심했다.

이 난리를 쳤는데, 이게 무슨 소리란 말인가?

[장 회장님 오늘 못 오신데. 갑자기 해외에서 무슨 일이 생겼다나? 게다가 그 비서라는 사람이 그러는데 이미 좋은 걸 하도 먹어서 괜히 엉뚱한 약 먹었다가는 큰일 난다는 거야.]

"……."

[아무튼 그 산삼은 필요 없게 됐으니까, 오빠는 그 약속 있다던 구미나 가 봐. 그럼, 끊는다.]

이번에도 마찬가지로 자신의 할 말을 딱 끝낸 김희정은 전화를 끊었다.

"희정아? 야, 김희정! 야!"

강태성이 기가 막힌 목소리로 김희정의 이름을 연신 불렀다.

하지만 이미 통화가 끊어진 휴대폰 너머에서는 아무런 목소리도 흘러나오지 않았다.

그리고 그 모습을 물끄러미 지켜보던 나는 피식 웃음을 흘렸다.

대충 지금의 상황이 어떤 상황인지 이해가 간 것이다.

"아무래도 산삼을 살 필요는 없게 됐나 보네요?"

"……."

순식간에 얼굴이 붉게 달아오른 강태성이 고개를 푹 숙였다.

이제야 자신이 무슨 짓을 하려 했는지를 깨달은 것이다.

"……죄송합니다."

"흐음."

그래도 꽤 의외였다. 앞선 과격한 행동을 보면, 이렇게 곧장 사과를 하리라고는 생각지 못했기 때문이다.

"제가 원래 그런 사람이 아닌데. 상황이 상황인지라…… 정말 죄송합니다."

연신 사과를 하는 강태성의 모습에 주먹에 들어갔던 힘을 풀었다.

조금 전까지만 해도 내 어깨를 잡는 순간 곧장 복부에 주먹 한 방을 날려주고 싶은 게 사실이었다.

자신이 남보다 강하다고 해서 타인을 깔아 뭉기려는 행태. 그 행태야 말로 내가 제일 경멸하고 싫어하는 모습이다.

하지만 한편으로는 강태성도 그저 한 명의 을에 불과했다.

자신의 스타가 말하면 따르고 원하는 것이 있으면, 들어줄 수밖에 없는 불쌍한 을 말이다.

스윽.

강태성이 주머니에서 명함을 꺼내 내밀었다.

JNC Entertainment

실장 강태성

"오늘의 실수와 잘못은 꼭 갚도록 하겠습니다. 혹시 제 도움이 필요할 일이 생기시면 연락주시기 바랍니다."

잠시 명함을 받을까 말까하다가 이내 강태성이 내민 명함을 받았다.

어차피 명함을 받고 내가 연락을 하지만 않으면, 그 뿐이었다.

"됐습니다. 오늘 일은 그저 우연히 생긴 해프닝 정도라고 생각하면 되죠."

"그렇게 생각해주시면, 감사합니다."

뒤이어 몇 번이나 고개를 숙여 사과를 건넨 강태성이 주차장을 벗어났다.

"그나저나 꽤 시간이 지났네. 빨리 가야겠는데?"

운전석에 탑승하고 강태성에게 받은 명함은 한 쪽에 던져 놓았다.

그리고 곧장 시간을 확인하니, 이미 3시가 넘어 있었다.

아버지의 퇴원이 4시이니, 이제 한 시간도 채 남지 않은 상황이었다.

"서두르자."

막 액셀에 올린 발에 힘을 주려던 순간이었다.

우웅!

익숙하지만, 도무지 적응이 되지 않는 머릿속의 두통이
찾아왔다.

"크윽."

황금 그룹의 송지철이 되었을 때 이후 처음 맞이하는 고
통. 시간으로 치자면, 벌써 4개월 전이었다.

"어째서……."

[다음 여행까지 남은 시간은 12시간입니다.]

"뭐?"

뜬금없이 귓가에 들려오는 목소리.

그 목소리는 내가 항상 여행을 할 때 들려오던 목소리였
다.

[12시간 이내에 여행을 다시 시작하지 않을 경우 여행자
는 지금까지 여행을 통해 얻은 모든 것을 잃게 됩니다.]

"……!"

등줄기에 땀방울이 솟구쳐 올랐다.

지금까지 여행을 통해 얻은 것을 모두 잃게 되다니?

그 말은 곧 내가 지금 지니고 있는 모든 것들이 사라진다
는 소리다.

1년 전 내 모습.

나 한정훈의 모습이 떠올랐다.

현실이란 벽에 가로 막혀 아무것도 하지 못하고 그저 방
에 누워 신세한탄만 해야 했던 모습 말이다.

"그럴 순 없어."

그 어느 때 보다 주먹에 강한 힘이 들어갔다. 그리고 다
시 금 그 목소리가 머릿속에 울려 퍼졌다.

[주의하세요. 남은 시간은 이제 12시간입니다.]

동시에 머릿속의 두통이 거짓말처럼 사라졌다.

하지만 모든 것을 잃을 수 있다는 공포마저 사라진 것은
아니었다.

부들부들.

그 어느 때 보다 주먹에 힘을 강하게 줬지만, 전신이 떨
리는 것을 멈출 수가 없었다.

"……모든 걸 잃는다고? 그럴 순 없어. 이제 시작인데.
이제 좀 변화하려고 하는데!"

꽈악.

이가 악물어지고 입술이 굳게 닫혔다.

지금 당장이라도 집으로 돌아가서 룰렛을 돌려야겠다는
생각이 치밀어 올렸다.

그 이외에는 아무런 생각이 들지 않았다.

그렇게 막 룰렛을 돌리기 위해 집으로 돌아가려던 순간.

우웅.

휴대폰에서 진동이 울렸고 액정에 낯익은 이름이 떠올랐
다.

[아버지]

"아!"

그리고 내 입에서 절로 나오는 탄성.

아버지라는 세 글자를 보는 순간 머릿속에 뜨겁게 치솟
아 오르는 불길을 향해 누군가 냉수를 끼얹어 줬다.

"맞아. 나 아버지한테 가려고 했었지."

짧은 순간 잊어버렸던 내가 할 일들이 머릿속에 순차적
으로 떠올랐다.

조금 전의 경고음으로 인해 누군가 지우개로 지우듯 전
부 지워졌던 기억들이었다.

우웅- 우웅-

"후우."

가볍게 심호흡을 하고 아버지의 전화를 받았다.

"네, 아버지."

[그래, 오늘 아버지 퇴원인 거 알고 있지?]

"그럼요, 지금 가는 길이에요."

[고맙다. 조심해서 오고.]

"물론이죠."

간단한 통화를 마치고 전화를 끊었다.

늘 있는 안부 전화와 같은 통화였다.

하지만 지금의 전화와 통화는 내게 굉장히 중요했다.

갑작스러운 목소리로 인해 들끓었던 마음이 가라앉았기 때문이었다.

'아버지, 고맙습니다.'

아버지에게 마음속으로 감사의 인사를 한 뒤 곧장 차를 출발시켰다.

남은 시간은 12시간.

우선은 현재 처리해야 할 일부터 처리를 한다.

그리고 남은 시간을 활용해서 다음 여행을 준비해야 했다.

"어쩌면 마지막이 될지도 모르겠지."

확신할 수는 없지만, 어쩌면 다음 여행이 내 여행자의 삶에 있어서 터닝 포인트 혹은 분기점이 될 것 같다는 생각이 들었다.

아버지의 퇴원 수속은 순조로웠다.

이미 퇴원에 관한 준비를 안 집사가 모두 끝냈기 때문이었다.

아직 아버지에게는 현재 내 상황에 말씀드릴 수 없었기 때문에, 우선은 아버지를 증평의 집으로 모셨다.

물론 혹시 모를 만약의 사태에도 대비를 해둔 상태였다.

아버지의 건강이 갑자기 나빠질 상황과 양송찬이나 윤철환이 다시 찾을 것을 대비해서 경호 인력을 배치했다.

"역시 집이 좋구나."

깨끗하게 치워져 있는 집으로 들어선 순간 아버지의 얼굴 만면에 밝은 웃음이 떠올랐다.

환경과 시설 측면에서 객관적으로 봤을 때 좋은 것은 병원의 특실이었다.

하지만 병원이라는 특수성.

그리고 낯선 공간이라는 점에서 아버지에게 특실은 그리 편치만은 않은 공간이었던 것 같다.

"어디 보자. 빗자루가 여기 있었던 것 같은데."

아버지는 집에 돌아오자마자 제일 먼저 빗자루부터 챙기셨다.

"아버지 설마 청소하시려고요? 이미 제가 다 했어요."

"다 하기는. 저기에도 먼지가 있고 저기도 있지 않느냐."

그새 빗자루를 손에 든 아버지가 집안 곳곳을 가리켰다.

그러자 분명 내가 청소를 할 때는 보이지 않던 먼지가 이곳저곳에서 보였다.

"……."

귀신이 곡할 노릇이었다.

그래도 이제 막 퇴원하신 아버지가 청소를 하시도록 둘 수는 없는 노릇이었다.

"이리 주세요. 제가 할게요."

"됐다. 병원에만 있었더니 몸이 답답했는데, 이리 청소라도 하면서 굳은 몸을 풀어야지. 너는 삼거리 마트에 가서 돼지고기랑 두부 좀 사오려무나. 소주도 한두 병 사오고.. 오랜만에 집에 왔으니, 아버지랑 한 잔 해야지."

아버지가 주머니에서 만 원 짜리 두 장을 꺼내 내미셨다.

내가 돈이 있다며 사양했지만, 아버지는 기어코 내 주머니에 만 원짜리 두 장을 집어 넣으셨다.

"차 조심하고."

마치 유치원생에게나 할 법한 말을 남기신 후 아버지는 이내 청소에 집중하기 시작했다.

끼이익.

대문을 열고나가서 곳곳을 둘러보자 서성거리고 있는 사람들이 보였다.

전봇대에서 담배를 피우고 있는 사람 혹은 집 앞 청소를 하고 있는 사람.

이 밖에도 바지 주머니에 손을 찔러 넣고 걷거나 전화 통화를 하는 사람 등이 보였다.

일견 집 근처에서 평범하게 볼 수 있는 사람들 같지만, 그들은 하나 같이 잘 단련된 체형을 갖고 있었다.

어느 정도 수준이냐 하면, 지난 날 병원에서 만났던 양송찬의 경호원 서넛은 혼자서 감당할 수 있을 정도였다.

'안 집사님이 고용했다는 경호원들이구나.'

집 주변의 이들은 안 집사가 특별히 신경을 써서 계약한 일류 수준의 경호원들이었다.

[평상시에는 동네 주민들처럼 요인 근처에서 생활하다가 문제가 발생할 경우 즉각 대처를 할 수 있는 체제입니다.]

가디언이라는 이름의 이 경호 업체는 대한민국에서 잘 알려지지 않았지만, 창설된 지 십 년이 넘었다.

또 그간 재벌 혹은 정치인 등을 전문적으로 경호해 온 이력을 가지고 있었다.

그만큼 높은 몸값을 자랑하기 때문에 일반인들이 가디언에게 경호를 의뢰한 경우는 십 년이래 단 한 번도 없었다.

하지만 애초에 경호 업체라는 게 돈만 맞으면 상대를 가리지 않는 법.

안 집사가 지닌 막강한 재력과 사회적 명성은 이들 가디언을 움직여서 아버지를 보호하기에 부족함이 없었다.

'적어도 양송찬의 일이 정리될 때까지는 경호가 필요한 상황이 올 수도 있으니까.'

양송찬과 윤철환 두 사람은 이제 곧 궁지에 몰리게 되어 있다.

그리고 언제나 그랬듯 궁지에 몰린 쥐는 상대가 고양이라도 가리지 않고 죽자 살자 덤벼들기 마련이었다.

터벅터벅.

주머니에 손을 찔러 넣고 삼거리에 있는 마트로 향했다.

마트에서 돼지고기를 비롯한 식료품과 소주 외에도 캔커피 몇 개 산 뒤 집으로 발걸음을 돌렸다.

'고생이시네.'

집 인근에서는 여전히 경호 인력들이 행동을 바꿔가며, 경호를 하고 있었다.

슬며시 전봇대에서 담배를 펴고 있는 사내를 향해 다가가서 마트에서 사왔던 캔 커피를 봉지 째 내려놓았다.

"……?"

"아버지를 잘 부탁합니다."

순간 눈빛이 흔들린 사내가 나를 쳐다봤다.

애초에 안 집사가 가디언에게 의뢰인과 그 장소에 대해서만 알려줬다.

당연히 내 존재는 가디언에게 있어 의뢰인의 아들로만 알려져 있을 것이다.

그런데 그런 내가 갑자기 다가와서 캔 커피를 건네고 인사를 하니, 그들이 당황하는 것도 이상한 일은 아니었다.

"수고하세요."

가볍게 인사를 하고 이내 발걸음을 돌려 집 안으로 걸어갔다.

"팀장님, 아까 저 남자 의뢰인의 아들 아닙니까? 갑자기 팀장님께는 왜 온 겁니까?"

빗자루를 들고 있던 사내가 주변의 눈치를 보다가 슬쩍 다가왔다. 그는 올해 가디언 입사 3년차인 장지석 대리였다.

장지석 대리의 질문에 팀장 권혁수가 자신의 발밑에 있는 검은 봉지를 들었다.

열린 검은 봉지 사이로 다섯 개의 캔 커피가 보였다.

"정확하네."

"네?"

"인근에서 경호하고 있는 우리 경호 인력이랑 캔 커피 숫자 말이야."

"······!"

그제야 권혁수가 말하는 뜻을 깨달은 장지석의 얼굴에 놀란 빛이 스쳐 지나갔다.

경호의 방법은 크게 두 가지의 방법을 취하는 게 보통이다.

대상의 주변에서 직접 경호를 하는 현장 팀과 이런 현장 팀을 지원하는 지원 팀.

그리고 지금 이 자리에 나와 있는 현장 팀의 숫자는 권혁수가 언급한 대로 다섯 명이었다.

"의뢰인의 아들 조사할 때 뭐 특별한 게 있었나?"

권혁수가 장지석을 향해 물었다.

의뢰인에게 기본적인 정보를 받긴 하지만, 보다 확실히 의뢰인을 경호하기 위해서 가디언 자체적으로 정보를 수집하는 정보 팀이 존재했다.

이 정보팀은 의뢰 대상과 그 대상의 주변에 대해 철저하게 조사를 하고 그 정보를 현장 및 지원 팀에게 넘겼다.

곰곰이 생각을 하던 장지석이 고개를 흔들었다.

"명문대 출신이라는 사실을 빼면 특별한 건 없습니다."

"군대는? 특수부대나 그런 출신은 아니야?"

"아직 미필입니다."

"의뢰주와 특별한 관계가 있는 건 아니고?"

"팀장님께서 무슨 의도로 말씀하시는지는 알겠습니다.

하지만 만약 그렇다고 해도 몇 명의 인원이 현장에 배치되는지는 의뢰주도 알지 못하지 않습니까?"

"으음."

핵심을 짚어 되묻는 장지석의 말에 권혁수가 짧은 신음을 흘렸다.

확실히 그의 말대로 현장에 몇 명의 인력이 배치되는지는 전적으로 가디언 내부에서 결정한다.

최소 경호 인력은 동일하지만, 상황에 따라 인원이 유동적으로 조정되기 때문이었다.

따라서 의뢰주와 관련이 있다고 해도 오늘 현장에 몇 명의 인원이 배치될지를 아는 것은 불가능했다.

그렇다면 결국 추측할 수 있는 것은 하나였다.

"이런 쪽으로 감이 타고 났다는 것인가?"

"에이, 팀장님. 너무 과민 반응하시는 거 아닙니까? 그냥 동네 주민이라고 생각해서 캔 커피를 준 것일 수도 있죠."

장지석이 강하게 부정했다.

그런 그의 반응에 권혁수가 고개를 저었다.

"날 보고 수고하라는 말을 건넸다. 넌 동네 주민한테 뜬금없이 커피 주고 그런 말을 하나?"

"……저기 그냥 우연이 아닐까요? 마트에서 할인하는 제품을 샀는데 운 좋게 그 숫자가 맞아 떨어졌거나. 아니면, 그냥 커피가 먹기 싫어서…… 는 아니겠네요."

말을 잇던 장지석이 자신이 생각해도 어처구니가 없자 이내 머쓱한 표정으로 입을 다물었다.

권혁수의 시선이 의뢰 대상의 집으로 향했다.

백번 양보해서 정말 장지석의 말대로 우연에 불과한 것일까?

그럼 자신을 향해 담담히 건넨 그 말투는 무엇일까?

분위기나 말투가 분명 모든 것을 알고 있는 행동이었다.

"지원 팀한테 연락해서 본부에 알아보도록 해."

"네?"

무슨 소리냐는 듯 물어오는 장지석을 향해 권혁수가 다시 말했다.

"경호 대상의 아들에 대한 추가적인 조사와 이번 의뢰주와 특별한 관계는 없는지에 대해서 말이야."

"알겠습니다."

가디언의 명령 체계는 기본적으로 상명하복이었다.

고지식하고 불합리할 수도 있지만, 언제 무슨 상황이 생길지 모르는 경호 현장에서 이런 상명하복의 명령체계는 무척 중요했다.

이 때문에 장지석 역시 의문은 있었지만, 권혁수의 명령에 곧장 대답을 한 것이다.

"그리고……."

스윽.

    권혁수가 자신의 발밑에 있는 검은 봉지를 들어 캔 커피 하나를 꺼냈다.

    남은 네 개가 든 봉지를 장지석에 건넨 권혁수가 입을 열었다.

    딸칵.

    "애들이랑 하나씩 나눠먹어라. 준 걸 버릴 수는 없으니까."

TIME Roulette 타임룰렛

Chapter 55. 7일의 삶

저녁 메뉴는 돼지고기를 잔뜩 넣은 김치찌개.

김 가루를 섞어 만든 계란말이.

그리고 작년 겨울 아버지가 장독에 담아 묻어 두었던 김장 김치였다.

여기에 갓 지은 쌀밥과 소주를 곁들이니, 진수성찬이 부럽지 않았다.

평소 주량이 반병인 아버지가 소주를 한 병 이상 드셨을 정도였다.

"퇴원하시고 너무 많이 드시면 안 좋아요."

"하긴, 그러는 게 좋겠구나."

오랜만에 집에 와서 기분이 좋아진 아버지는 소주를 더 드시려고 했지만, 내가 극구 만류했다.

교통사고라는 것은 원래 후유증이 무서운 법이다. 지금은 괜찮다고 하시지만, 자칫 몸에 또 이상이 생길 수도 있었다.

재빨리 상을 치우고 잠자리를 봐드리자 아버지는 이불에 눕기 무섭게 잠에 빠지셨다.

그 모습을 물끄러미 바라보다가 건넛방으로 넘어갔다.

건넛방은 골동품을 모두 처분했기 때문에 깔끔하게 정리가 된 상태였다.

골동품이 있던 곳을 쳐다보니, 약 1년 전 처음 룰렛을 만졌을 때가 떠올랐다.

그때도 오늘처럼 아버지와 소주를 하고 건넛방으로 왔었다.

"그때는 정말 앞날이 깜깜했었는데."

아직도 기억이 선명하다.

미래에 대한 불안과 높은 등록금으로 인한 아버지에 대한 죄송스러움.

또 나 자신에 대한 분노와 짜증이 있었다.

하지만 룰렛을 만나는 순간 모든 게 달라졌다.

지금의 나는 과거의 나와는 비교할 수 없는 위치에 섰으며, 금력 역시 손에 넣었다.

하지만 이렇게 얻은 것들이 이제 사라질 위기에 처했다.

현재 시각 9시 30분.

경고했던 12시간이 되기까지는 대략 5시간 남았다.

"후우. 슬슬 시작해볼까."

책상에 앉아 미리 챙겨왔던 룰렛을 만졌다.

그러다 이상한 부분이 눈에 들어왔다.

"잠깐만."

룰렛의 한쪽 구석에 금이 가 있었다.

문제는 그 금이 이전에 가 있던 실금보다 더욱 선명하고 범위도 넓어졌다는 것이다.

"이게 왜 이렇게 된 거지?"

내가 관리를 잘못했던 것일까?

아니다. 내 인생을 바꿔준 룰렛인 만큼 관리 하나만큼은 철저하게 해왔다.

절대 관리 실수로 파손이 심해졌을 리가 없다.

"그럼 대체 왜……."

입술이 절로 깨물어졌다.

아무리 생각해도 파손이 심해진 이유를 알 수가 없었다.

"분명 뭔가 이유가 있을 텐데."

고민에 고민을 거듭하며 시간이 얼마나 지났을까?

룰렛의 파손 상태 사이에 있던 일 하나가 떠올랐다.

"여행."

그렇다.

룰렛의 실금을 발견하고 난 여행을 떠났다.

그리고 이번에 다시 확인했을 때 그 실금의 상태가 더 심해지고 깊어졌다.

"설마 여행을 할수록 파손 상태가 심해지는 건가?"

추측이기는 하지만 가능성이 없는 것은 아니었다.

그리고 그 가능성에 대해서 생각이 미치자 소름이 돋았다.

"룰렛이 파괴되면 여행을 못가는 거잖아. 그럼, 결국……."

머릿속에 떠오른 12시간의 목소리.

여행을 가지 못하면, 모든 걸 잃는다.

당연히 룰렛이 파괴되면, 여행을 갈 수 없을 테니 이대로 있다가는 끝에 가서 모든 것을 잃게 될 것이다.

"아니, 방법이 있을 거야. 분명 방법이 있다."

불현듯 머릿속에 떠오른 존재.

그 존재는 바로 정산의 방에 존재하는 머천트 준이었다.

그 녀석과는 좋은 관계는 아니지만, 지금까지 내게 직접적으로 해를 가한 적이 없다는 것만큼은 사실이었다.

"좋아."

마음을 다잡고 숨을 골랐다.

동시에 룰렛의 손잡이를 잡은 손에 힘을 주었다.

드르륵!

레버를 당기자 룰렛의 숫자판이 회전하기 시작했다.

이미 몸속에 남아 있던 술기운은 사라진지 오래였다.

드륵! 드륵!

룰렛의 판이 빠르게 돌아갔다.

그리고 처음 나온 숫자는 1776이었다.

"1776년? 1776년에 무슨 일이 있었지?"

그간 집어넣었던 지식들이 머릿속에 빠르게 떠올랐다가 사라졌다.

"미국! 미국이 영국과 프랑스로부터 완전히 독립을 한 시기이지 않나?"

미국의 독립으로 생각이 미칠 무렵.

돌아가던 룰렛의 두 번째 판이 멈췄다.

숫자는 03이었다.

"3월? 미국의 독립은 7월이었는데?"

정확한 날짜는 기억이 나지 않지만, 분명 미국이 독립을 선언한 시기는 7월이었다.

그렇다면 이번 여행지는 미국 독립과는 무관할 확률이 높았다.

다시 머릿속의 지식이 맹렬하게 떠오르기 시작했다.

그리고 기다렸다는 듯 떠오르는 한 가지 역사적인 사건.

"……영조?"

조선의 제21대 임금.

성은 이, 휘는 금을 사용했다.

뒤주에 갇혀 죽은 사도세자가 거론되면 항상 빠짐없이 거론되는 임금이 바로 영조였다.

1776년 3월은 분명 영조가 사망한 달이었다.

드륵!

그리고 힘차게 돌아가던 마지막 룰렛 판이 서서히 속도를 줄이더니, 숫자를 보이기 시작했다.

10.

마지막 판의 숫자는 바로 10이었다.

꿀꺽.

"……1776년 3월 10일."

기다렸다는 머릿속에 사건이 떠올랐다.

"정조 즉위."

본명은 이산.

11세 때 영조의 의해 아버지 사도세자를 잃었고, 그 후 영조에 의해 일찍 요절한 효장세자의 양자로 입적되어 왕통을 계승했던 인물.

훗날 영조를 대신해서 대리청정을 했으며, 마침내 조선의 22대 왕위에 오른 사람이 바로 정조였다.

그리고 정조에 대한 생각이 끝나 갈 때 쯤 기다렸던 그 목소리가 머릿속에 들려왔다.

[당신이 방문할 세계의 시간이 설정되었습니다.]

[그럼, 좋은 여행되시길.]

번쩍!

눈앞의 빛과 보이던 풍경이 순식간에 암흑으로 물들었다. 하지만 그도 잠시, 이내 몇 번이고 봤던 모습이 곧 눈앞에 모습을 나타냈다.

"후우."

가볍게 숨을 고르고 주변을 살폈다. 한시 빨리 녀석을 만나 물어볼 것이 있기 때문이었다.

"화장실이라도 찾는 건가요? 뭐가 그리 급해요?"

마치 처음부터 그 자리에 있었던 것처럼.

정산의 방 중앙에서 불쑥 튀어나온 준이 날 보며 물었다.

"묻고 싶은 게 있어."

씩-

날 바라보던 준의 입가에 미소가 걸렸다.

"그 묻고 싶다는 것은 당연히 여행에 대한 것 말이겠죠?"

역시 준은 알고 있었다.

저벅저벅.

준을 향해 가까이 걸어가며 입을 열었다.

"알고 있었던 거야?"

"아니요. 꽤 오랜만에 오셨고 표정이 급박해 보였기 때문에 추측해 본 것뿐이에요."

"상황 설명이 필요할 것 같은데."

"뭐, 어려운 건 아니니까 해드릴게요. 그보다 이렇게 서서 할 수 없으니."

딱!

준이 손가락을 튕기자 아무것도 없는 공간에 의자 두 개와 테이블이 생겨났다.

"앉으시죠."

잠시 준을 바라보다가 의자에 앉았다.

그 모습에 준 역시 어깨를 한 번 으쓱하고는 맞은편 의자에 자리했다.

"간단히 말하면, 순환이에요."

"순환?"

"파괴가 일어나면 재생이 일어나듯. 이 세상은 태초의 신에 의해 순환하는 구조로 이루어졌지요."

"……?"

"그런 의미에서 시간 여행, 여행자의 삶은 이 순환에서 벗어났다고 할 수 있어요."

"그게 무슨 소리야?"

"쉽게 설명하자면, 여행자의 삶 자체가 신이 만든 이 세상의 규칙을 위배하고 있다는 거죠."

"하지만……."

쉿!

내가 말을 이으려고 하자 준이 손가락을 자신의 입으로 가져갔다.

"무슨 말을 할 줄 알아요. 신의 허락 없이 시간 여행 같은 것을 어떻게 할 수 있느냔 말이죠?"

준의 물음에 난 고개를 끄덕였다.

그는 여행자의 삶이 신이 만든 규칙을 위배한다고 했지만, 애초에 신은 최상위의 존재다.

그런 존재가 만든 규칙을 과연 피조물이 자신의 의지로 어길 수 있을까?

"그래서 우린 말하죠. 신은 변덕쟁이라고요. 애초에 자신이 규칙을 만들었지만, 또 그 규칙을 깰 수 있는 또 다른 규칙 또한 만들었으니까요."

"왜?"

"그야 신만이 알겠죠. 아무튼 다시 본론으로 돌아와서 얘기하자면, 시간 여행자란 존재는 애초에 순환하는 구조로 이뤄진 이 세상에 변화를 주고 싶은 신의 변덕이에요."

"세상의 변화……."

여행자의 삶을 살면서 지식도 향상됐지만, 준의 말을 전부 이해하는 것은 어려웠다.

준이 장난기를 지운 표정으로 계속해서 말을 이어나갔다.

"하지만 무분별한 변화가 계속되면 순환이 아닌 혼돈만 일어날 뿐입니다. 그 때문에 신은 시간 여행자란 존재를 만들어냈지만, 그들에게 시련과 함께 더불어 제약도 내렸습니다. 시련을 이겨낸 존재만이 이 세계에 변화를 줘도 좋다는 일종의 허가증이라고 생각한 것인지도 모르겠죠."

"……모르겠죠?"

준이 어깨를 으쓱거렸다.

"여행자님께서 제 존재에 대해 어떻게 생각하실지는 모르겠지만, 저 역시 결국 신의 피조물. 신이 어떤 생각을 갖고 있는지는 모릅니다. 다만, 추측하고 또 예측할 뿐이죠."

"좋아. 아무튼 그건 그렇다 치고. 본론으로 돌아가서 얘기를 계속 해보자고. 어쨌든 내가 여행을 하고 있지 않으니깐 경고와 비슷한 목소리가 들렸어. 12시간 이내에 여행을 하지 않으면, 지금까지 얻은 모든 것을 잃게 될 것이라고 말이야. 이건 대체 왜 이런 거야?"

"첫 번째 시련이자 제약입니다. 여행자님도 아시겠지만, 여행에서는 정말 다양한 것들을 얻을 수 있습니다. 그리고 간혹 남들은 수십 번의 여행을 통해 얻을 수 있는 것을 단한 번의 여행을 통해 얻는 여행자들도 있죠. 그런 이들 중에는 간혹 그대로 여행을 멈추고 자신이 살던 원래 삶에 충실하려는 이들도 있습니다. 더는 도전하지 않아도 이미 남들은 누리지 못하는 어마마한 것을 가졌기 때문입니다.

하지만 그런 삶은 신이 바라고 보고 싶은 그림이 아닙니다. 여행자님께서 사는 세상에도 이런 말이 있지 않습니까? Give and Take."

신이란 존재도 그리 마음이 넓지는 못한가 보다.

한 번 줬던 것을 다시 가져가겠다는 것을 보면 말이다.

"결국 네 말은 정말 시간 이내에 여행을 하지 못하면, 지금까지 여행으로 얻은 모든 것을 잃는다는 소리네?"

"네."

준은 한 치의 망설임도 없이 대답했다.

"단 한 가지도 빠지지 않고 모든 것을 잃을 겁니다. 재물뿐만 아니라 인연, 심지어 기억마저 말입니다. 지금까지의 모든 것을 한바탕의 꿈이라고 생각할 수도 없을 만큼 모든 것을 말이죠."

"뭐?"

정신이 번쩍 들었다.

단지 잃는다는 것이 가진 재물과 힘뿐만이 아니다.

준의 입꼬리가 스윽 올라갔다.

"어렵게 생각하실 것 없습니다. 간단히 말해서 여행을 시작하기 전 그 당시의 삶부터 시작된다고 생각하시면 됩니다. 지금까지의 기억을 전부 잃고서 말이죠."

그게 말이 되는 소리냐고 따지고 싶었다.

하지만 지금 벌어지는 일들도 말이 되지 않는 것은 마찬가지였다.

"후우, 좋아. 어찌됐든 여행을 계속하면 된다는 거네."

이 문제에 대한 해답은 간단했다. 끊임없이 룰렛을 돌려 여행자의 삶을 계속 살면 되는 것이다.

물론 그 삶이 가볍게 웃어넘길 수 있을 정도의 삶은 아니지만, 그래도 여행을 통해 나 역시 얻는 것이 있으니 일방적인 손해라고 생각할 부분은 아니었다.

설령 이것이 신의 변덕으로 인해 탄생된 웃기지 않은 일이라고 해도 말이다.

하지만 정작 문제는 다른 곳에 있었다.

"한 가지 더 묻고 싶은 게 있는데. 혹시 여행을 할 때마다 룰렛, 그러니까 시간 여행을 가능하게 해주는 물건이 파손되는 거야?"

씩-

스윽 올라갔던 입꼬리가 미소로 변했다.

그 미소를 보고 있으니 불안감이 엄습했다.

"그래도 꽤 빨리 눈치 채셨네요."

"……."

"여행자님께서 생각한 것이 맞습니다. 여행을 하면 할수록 도구는 점점 힘을 잃거나 파손되기 시작합니다."

"그렇게 되면 끝에 가서는 여행을 지속하지 못하고 네가 말했던 대로 모든 것을 잃게 되겠지. 이봐, 준. 그 변덕쟁이

신이 이런 결말이 정해진 그림을 원했던 것은 아닐 것 같은데?"

순환, 그리고 파괴와 재생 같은 얘기는 솔직히 무슨 소리인지 모르겠다.

하지만 그렇다고 바보마냥 아무것도 이해하지 못한 것은 아니다.

결론은 시련과 고난을 이겨낸 자에게는 그에 합당한 보상을 하겠다는 신의 의지.

그리고 그 신이란 존재는 그러한 모습을 보고 싶다는 것이다.

그렇다면 이번에도 분명 해답이 존재할 것이다.

"도구가 파손되어가는 것은 힘을 잃어 가고 있기 때문입니다. 다시 말해서 그 힘을 채워주면, 파손을 멈출 수 있다는 말이기도 하죠."

"힘을 채워?"

"시간 여행을 할 수 있는 존재가 여행자님만은 아니라는 것은 알고 계시죠?"

물론 알고 있다.

'이회!'

첫 여행에서도 내게 조언을 해줬던 그 사람의 얼굴이 머릿속에 떠올랐다.

"그 여행자들에게도 당연히 여행을 가능하게 해주는

도구가 있을 겁니다. 또 분명 세상 어딘가에는 아직 주인을 만나지 못한 도구 역시 있겠죠. 그 도구를 찾는다면, 힘을 채우는 방법은 자연스레 알게 되실 겁니다."

"그러니까 네 말은 다른 도구를 구해서 내가 가진 도구의 힘을 채운다?"

끄덕끄덕.

고개를 끄덕이는 준의 모습을 보고 있자니 한숨이 절로 나왔다.

"하……."

처음 설명을 들을 때는 그저 단순한 유희와 변덕이라고 생각했다. 하지만 얘기가 계속 될수록 알 수 있었다. 준이 말하는 그 신이란 존재가 우리가 흔히 아는 그런 착한 녀석은 아니라는 것을 말이다.

'자신의 유희를 위해서 배틀 로얄(BATTLE ROYALE)이라도 할 셈인가?'

여행을 지속하기 위해서 도구를 빼앗으려는 사람과 빼앗기지 않으려는 사람이 생긴다면, 결국 그 끝은 극단적인 싸움이 될 수밖에 없다.

처음부터 맛보지 않았다면 모를까. 이미 달콤한 과실을 맛본 사람이라면, 반드시 그 과실을 찾기 위해 움직이게 될 것이다. 그게 대부분의 인간이 가진 본성이다.

짝!

가볍게 박수를 친 준이 자리에서 일어났다.

"이 정도면, 어느 정도 궁금증에 대한 대답이 된 것으로 생각이 되는데요?"

"잠깐. 그 다른 여행자의 도구가 어디 있는지 알 수 있는 방법이 있을까?"

혹시나 하는 생각으로 질문을 던졌다. 분명 말을 꺼낸 것으로 봐서는 그에 대한 답을 알고 있을 것 같다는 느낌이 들었기 때문이다.

스윽.

준이 손가락 하나를 폈다.

"대략적인 장소 하나에 만 포인트입니다."

"뭐?"

"확실한 장소 하나에 오만 포인트입니다."

"……."

"그 정도를 지불하시면, 답을 알려 드리죠. 잊은 건 아니시겠죠? 이 몸의 이름이 머천트 준이라는 것을 말입니다. 앞서 질문에 대한 대답을 해드린 것은 아무것도 알려드리지 않고 상품을 팔 수 없기 때문입니다. 식료품 하나를 팔때에도 이게 무엇으로 만들어졌는지 또 언제 만들어졌는지는 가격을 치르지 않아도 공개하는 법이니까요. 하지만 그게 맛이 있는지는 직접 돈을 내고 먹어봐야 알겠죠? 게다가 그 도구를 통해 얻게 될 것을 생각해본다면, 여행자님

본인 스스로도 이 가격이 그리 비싼 가격은 아니라는 것을 납득하실 겁니다. 그렇죠?"

"……."

딱히 반박할 말이 떠오르지 않았다. 그만큼 준의 예시는 적절했다.

가볍게 어깨를 으쓱거린 준이 말을 이었다.

"자, 한정훈 여행자님. 여행을 떠나기 전에 구매하실 물건이 있으신가요? 아, 그러고 보니 포인트가 그리 많지 않으시네요."

[한정훈]
준비된 시간 여행자 LV. 2
근력: 12(2)
민첩: 6
체력: 10(2)
지력: 13
특성: 용기
스킬: 고속판단, 격투술, 직감, 진실과 거짓
보유TP: 2,000

현재 내가 보유한 포인트는 이전의 여행에서 스킬을 구입하고 남은 2천 포인트였다.

"원하신다면, 이번에도 대출은 가능합니다만."

준이 슬그머니 품에서 동전을 꺼냈다. 동전은 이전에 내가 구매했던, 진실의 동전과 같은 모양새를 하고 있었다.

〈진실의 동전〉

종류: 소모성

횟수: 0/5

설명: 상대방이 말이 진실인지 거짓인지 판단할 수 있는 동전.

사용 방법: 대상의 말을 듣고 동전을 튕깁니다. 앞면이 나오면 진실, 뒷면이 나오면 거짓입니다.

주의 사항: 해당 상품은 소모성으로, 소유자를 제외하고는 보이지 않습니다. 횟수를 모두 사용하면, 자동 소멸 됩니다.

TP: ~~1,000~~ sale 800

세일이라는 소리에 혹해서 샀던 그 물건이다. 결과적으로 진실과 거짓 스킬을 얻는 바람에 현재는 내 타임 포켓에서 잠들어 있지만, 말이다.

"후우."

진실의 동전을 보니 순간적으로 올컥하는 기분이 치밀어 올랐다.

"……전에도 물어봤지만, 너 정말 내가 어디로 가는지 모르는 거 맞아?"

"글쎄요."

준의 입꼬리가 실룩거렸다. 그 모습에 또 다시 짜증이 살짝 치밀어 올랐다. 하지만 지금 이 자리에서 준과 다투고 있어봐야 내게 도움이 되는 것은 없었다.

"됐다."

"후후, 그러지 말고 한 번 살펴보기라도 하는 게 어떠신 가요? 제법 괜찮은 물건이 많답니다."

딱!

준이 손가락을 튕기자 눈앞의 구매 가능한 목록이 떠올랐다.

"응?"

곁눈질로 가볍게 목록을 살피자 전에는 보지 못했던 물건들이 보였다.

〈급속 치료 알약〉

종류: 소모성

횟수: 0/1

설명: 30초에 걸쳐 자신의 외상과 내상을 빠르게 치료합니다. 단, 잘려진 신체 부위는 재생되지 않습니다.

사용 방법: 적당한 물과 함께 알약을 섭취합니다.

주의 사항: 해당 상품은 소모성으로, 횟수를 모두 사용하면 자동 소멸 됩니다. 이미 목숨이 끊어진 상태에서는 해당 제품의 효과가 발동되지 않습니다.

TP: 800

〈방어의 비술〉

종류: 소모성

횟수: 0/1

설명: 사용 즉시 목표 대상을 보호하는 1회성 결계를 만듭니다. 해당 결계는 사용하고 나서 5초 동안 유지됩니다.

사용 방법: 해당 제품을 들고 목표를 향해 '방어'라고 외치세요.

주의 사항: 해당 상품은 소모성으로 횟수를 모두 사용하면, 자동 소멸 됩니다. 결계의 힘보다 강한 공격을 받았을 경우에는 즉시 파괴될 수 있습니다. 해당 상품은 중복 사용할 수 없으며, 재사용을 위해서는 120분의 시간이 필요합니다.

TP: 1,200

〈강림의 비약〉

종류: 소모성

횟수: 0/1

설명: 1분 동안 정착자의 신체 능력에 여행자의 능력을 추가 부여합니다. 여행자가 지닌 모든 스킬을 사용할 수 있습니다.

사용 방법: 적당한 물과 함께 알약을 섭취합니다.

주의 사항: 해당 상품은 소모성으로 횟수를 모두 사용하면, 자동 소멸 됩니다. 해당 비약은 중복 효과가 적용되지 않습니다.

TP: 800

〈텔레포트 스크롤〉

종류: 소모성

횟수: 0/1

설명: 사용 즉시 기억 속에 있는 장소로 이동할 수 있습니다.

사용 방법: 해당 제품을 들고 기억 속에 있는 장소를 떠올리며, '텔레포트'라고 외치세요.

주의 사항: 해당 상품은 소모성으로, 횟수를 모두 사용하면, 자동 소멸 됩니다. 해당 상품은 차원과 시간의 흐름을 뛰어 넘을 수 없습니다.

TP: 1,500

해당 상품은 모두 1회성 물건이지만, 상황과 사용법에

따라서 다양한 효과를 볼 수 있는 물건들이었다.

"음……."

구미가 당기지 않는다면, 그건 거짓말일 것이다. 고민을 하고 있자니, 머천트 준이 걸어와서 은근한 목소리로 말했다.

"지금 구매하면, 조금 저렴한 가격에 드릴 수 있습니다."

"깎아준다고?"

"두 개를 한 번에 사면 100 포인트! 4개를 모두 사면 500 포인트를 깎아 드리죠. 어떠세요?"

"무슨 놈의 할인율이 그 따위야?"

"그야 파는 사람 마음이죠."

아이템은 두 개 차이인데 할인율이 무려 다섯 배나 차이가 났다.

하지만 4개를 모두 구입하기 위해서 드는 비용은 4,300 포인트였다. 내가 가진 포인트가 2,000 포인트였으니 500 포인트를 깎아 준다고 해도 다시 1,800 포인트의 대출이 필요했다.

'문제는 이자 비율이 50%이기 때문에 2,700 포인트로 지불해야 한다는 거지. 게다가…….'

이전의 구입했던 진실의 동전은 단 한 번도 사용하지를 못했었다. 다시 말해 무의미한 구매를 했던 셈. 지금 구매할 물건들도 그렇게 되지 말라는 보장은 없다.

"날이면 날마다 오는 기회가 아니랍니다."

"두 개 구매하지."

"네?"

"급속 치료 알약과 강림의 비약. 두 개를 구매하는 거니까 100포인트 깎아서 1,500포인트 맞지? 거기에 이전의 구매했던 동기화의 물약을 하나 더 사겠어."

〈동기화의 물약〉

종류: 일회용

설명: 동기화로 고민하는 여행자를 위한 상품입니다. 물약을 복용하면, 여행자의 동기화를 즉시 10% 향상합니다.

주의 사항: 해당 물약은 중복해서 사용할 수 없습니다. 또한, 동기화가 30% 이상이면 아무런 효과를 볼 수 없습니다.

TP: 500

동기화의 물약은 저렴한 가격에 비해 여행 초반 확실히 도움이 되는 아이템이었다.

효과를 확실히 봤기 때문에 앞서 구매했던 아이템을 포기하더라도 재구매할 의사가 있었다.

"끄응."

준이 약간 떨떠름한 표정을 지었다. 그리고는 볼을 긁적거리며, 말을 이어나갔다.

"그러지 말고 그냥 4개 사는 게 어떠세요? 무려 500 포인트나 깎아주는 건데. 이런 기회는 진짜 흔치 않다고요."

"그렇게 샀다가 또 이 포켓에 짐만 늘어나는 게 아니고?"

허리에 달려 있는 포켓을 툭 치며 말했다. 그러자 준이 양 볼을 부풀렸다.

"쳇……."

"물건 안 팔아?"

"손님, 그럴 리가 있겠습니까? 여기 받으세요."

[급속 치료 알약을 구매하셨습니다.]

[강림의 비약을 구매하셨습니다.]

[동기화의 물약을 구매하셨습니다.]

두 개의 물건을 구매하고 포인트를 확인했다. 100 포인트 할인이 된 덕분에 총 2,000 포인트가 소모되고 이제 남은 포인트는 0이었다.

탈탈 털어 구매했다는 표현이 딱 알맞을 것이다.

"정확하네."

"당연하죠. 물건 가지고 장난은 절대 치지 않습니다. 뭐, 어쨌든 이제 볼일은 끝나신 거죠?"

끄덕끄덕.

고개를 끄덕이자 머천트 준이 손을 들어 올려 자세를 잡
았다.

딱!

"그럼, 좋은 여행되시기 바랍니다."

Chapter 56. 7일의 삶(2)

번쩍!

백색의 빛이 눈앞에서 사라짐과 동시에, 늘 여행이 시작
되면 들려오던 목소리가 귓가를 흔들었다.

[동기화가 향상됩니다.]
[현재 동기화는 5%입니다.]

동시에 내 머릿속에 지금까지 없던 다양한 정보가 물밀
듯 들어왔다.

그리고 이내 의도와는 상관없이 입술을 비집고 나오는

탄성이 흘러나왔다.

"어?"

순간적으로 양손을 들어 올려쳐다봤다. 손을 확인하고자 했던 것은 아니다.

손과 함께 딸려오듯 보이는 소맷자락. 그 소매에는 금실로 수가 놓아져 있었다.

이번에는 고개를 내려 내 가슴 언저리를 쳐다봤다. 마찬가지로 금실로 수놓인 용과 봉황이 보였다. 이런 옷을 입고 있는 자는 역사를 통틀어 한 부류의 존재밖에 없다.

군주, 황제 혹은 왕. 언어가 다르게 표기될 수도 있지만, 한 국가의 지배자에게 붙는 표현이다.

"이거 설마……."

불현듯 떠오르는 생각. 하지만 이 생각이 꼭 맞는다고는 할 수 없다. 지금의 동기화는 고작해야 5%에 불과했기 때문이었다.

재빨리 타임 포켓에서 동기화의 물약을 꺼내 한 입에 털어 넣었다.

꿀꺽.

[동기화 수치가 대폭 상승하였습니다.]

[현재 동기화는 15%입니다.]

동시에 머릿속을 가득 채우고 있던 안개가 사라지듯 가물가물하던 기억들이 연이어 떠올랐다.

그리고 무엇보다 내 머릿속에 떠오른 하나의 이름.

"이…… 산?"

조선시대 22대 임금, 사도세자의 아들 정조. 머리카락이 솟구치며, 등줄기로 한 줄기 식은땀이 흘러내렸다.

"설마 진짜 정조의 몸에 깃든 거야?"

1776년 3월 10일이란 날짜를 보는 순간 조선시대를 떠올렸고 정조에 대한 것도 생각했다.

하지만 그렇다고 해서 내가 정조의 몸에 깃들 것이라고는 생각하지 못했다.

지금까지의 여행만 봐도 그렇다. 다양한 인물이 있었지만, 그 사람의 힘과 위치는 실상 지배층보다는 피지배층인 경우가 대다수였다.

홀로 뭔가를 열심히 한다고 해서 세상을 바꾸기에는 애매한 위치였다.

하지만 왕이란 위치는 다르다. 왕이란 존재는 절대 권력자. 말 한마디로 사람을 죽이고 살릴 수 있는 그런 자리에 있는 사람이다.

"전하, 다시 한 번 이 나라의 주인이 되신 것을 감축 드리옵니다."

그때 귓가로 가는 목소리가 들려왔다. 정신을 차리고 고개를 들자 매미관을 쓰고 녹 빛이 감도는 옷을 걸친 사내의 모습이 보였다.

한 눈에 보기에도 족히 오십은 되어 보이는 나이였다.

"당신은······."

"예, 전하. 상선 인우이옵니다."

"상선 인우."

[동기화가 향상됩니다.]

[현재 동기화는 17%입니다.]

이름을 듣는 것으로 약간이지만, 동기화가 향상됐다. 이 말은 눈앞의 내관이 정조에게 있어 그만큼 중요한 존재라는 뜻이었다.

"상선, 방금 내게 이 나라의 주인이 된 것을 축하한다고 했나?"

동기화가 향상되면서 어투 또한 이전의 것과는 달라졌다. 상선 인우가 고개를 조아리며 대답했다.

"그러하옵니다. 전하."

"그렇군."

상선 인우의 말을 들으니 한 가지는 확실히 알 것 같다. 영조는 이미 죽었으며, 지금 내가 깃든 정조가 이 나라, 조선의 임금이 되었다는 사실이었다.

"전하, 혹 어디 불편하신 곳이라도 있으십니까? 어의를 들일까요?"

내 표정을 살피던 상선 인우가 조심스레 물어왔다. 그 모습에 고개를 저으며 말했다.

"조금 피곤해서 쉬어야겠구나. 내 다시 부를 때까지 나가 있으라."

"하오나……."

"나가 있으라 하였다."

다시 한 번 나직한 목소리로 입을 열자 상선 인우가 자세를 낮추며 뒷걸음질로 물러났다.

"후우. 어린 시절 봤던 사극이 이런 식으로 도움이 될 줄이야."

지금이야 퓨전 사극이라고 해서 정통 사극과는 거리가 있는 드라마가 판을 치지만, 초등학교와 중학교 시절만 해도 정통 사극은 시청률이 50%에 육박할 정도로 대세라 불리는 드라마였다.

당연히 인기가 있는 만큼 역사적인 고증도 철저하게 이뤄졌다.

자칫 잘못된 역사관을 바탕으로 내용을 진행했을 경우, 그 파장이 만만치 않았기 때문이었다.

그런 만큼 당시 내 기억 속에 있는 사극 속의 왕들은 걸핏하면 내관들에게 '나가 있으라.' 라는 말을 자주 던졌다.

그리고는 홀로 방안에 앉아 고뇌 어린 표정으로 독백을 하고는 했었다.

"그나저나 정조라니. 이건 나름대로 황당하네. 대체 무슨 임무를 주려고?"

정조는 왕이다. 조선시대의 왕은 하늘님의 아들. 다시 말해서 절대 권력을 지닌 신의 아들이다. 어지간한 임무라면, 그냥 밑에 사람에게 시키기만 해도 모두 해결이 될 게 분명했다.

그리고 바로 그 순간 기다렸다는 듯 임무가 적힌 창이 눈앞에 나타났다.

[임무가 생성되었습니다.]

〈생존〉

조선 시대 22대 임금 정조. 아버지 사도세자가 죽은 이후 할아버지인 영조에 의해 요절한 효장세자의 양자로 입적. 그는 세손 시절부터 여러 차례 암살 위험에 시달렸습니다. 왕의 자리에 오른 지금도 정조의 목숨을 노리는 세력은 곳곳에 포진되어 있습니다. 일주일 동안 그 세력들의 위험을 피해서 생존하세요.

[임무가 활성화됐습니다.]

[현재 남은 시간 168시간입니다.]

"일주일 동안 생존하라고?"

생존. 다시 말해서 살아남으라는 소리였다. 순간 머릿속에 정조의 암살 사건에 대한 얘기가 떠올랐다.

정조 암살에 관한 얘기는 앞서 영화는 물론 드라마에서 많이 다루어졌던 소재였다. 기억을 더듬거리자 그에 관한 내용 몇 가지들이 떠올랐다.

"분명 당시 노론에 소속되어 있는 이들이 정조를 죽이기 위해 자객을 보내는 것을 비롯해 여러 가지 시도를 했었지."

정확히 말하면 노론에서도 벽파의 세력이었다. 노론은 크게 벽파와 시파로 나뉘어져 있었는데, 벽파의 경우에는 '죄인의 아들은 임금이 될 수 없다.'라는 명분을 내세우며 세손 시절부터 이산을 괴롭혀 왔던 이들이었다.

이러한 벽파의 중심을 이루고 있던 인물들이 바로 홍계희, 김상로, 정후겸, 김지주 등이었다.

또한 이밖에도 정순왕후와 숙의 문씨 등의 왕실세력 등역시 끊임없이 정조를 괴롭혔었다.

"이에 정조는 즉위하자마자 사도세자의 일과 관련됐던 외척들을 유배 보내고, 이들과 결탁했던 내관들도 대대적

으로 숙청했었지. 그리고 이 모든 일의 시발점이라고 할 수
있던 건······."

머릿속 떠올랐던 드라마의 한 장면이 정조의 기억과 겹
쳐지며 떠올랐다.

[과인은 사도세자의 아들이다.]

정조는 즉위식 자리에서 자신이 누구인지를 확실히 밝혔
다.

이는 지금까지 계속 불안에 떨던 신하들의 눈을 질끈 감
아버리게 하기에 부족함이 없었다. 또한 그 순간 신한들은
공통적으로 누군가를 떠올렸을 것이다.

"연산군."

조선시대 10대 임금이었으나, 폐위되어 시호가 없는 임
금. 또 후대에게는 피의 복수로 더 유명한 왕이었다.

폐비 윤씨의 사사에 관여된 성종의 후궁들을 몽둥이로
때려죽이고, 그 시신을 들판의 날짐승에게 먹이로 주라했
으니 더 말을 해서 무엇 하겠는가?

정조의 즉위식에 참여한 신하들은 분명 그 짐승의 먹이
가 자신이 될 수도 있으리라 생각했을 것이다.

하지만 그 자리에 모인 이들 중에도 모두가 공포와 두려
움에 몸을 떨지만은 않았을 것이다.

"연산군은 결국 중종반정으로 폐위되고 강화도로 유배됐다."

하늘님의 아들.

신의 아들이라고 해도 결국은 한 명의 인간. 그가 벌레 같다고 평한 이들에 의해서 왕좌에서 내려와야 했고 말년에는 비참한 죽음을 맞이했다.

자신이 짐승의 먹이가 되기 전에 임금을 없애야겠다고 생각한 이들도 분명 있을 것이다.

아니, 있었다. 실제로 역사에서 정조는 숱한 암살 시도를 받아왔다는 기록이 존재했다.

그렇기 때문에 지금의 내게 생존이라는 임무가 부여됐을 것이다.

꿀꺽.

"이거 생각보다 쉽지는 않겠는데."

아무래도 이번 임무가 쉬울 수도 있다는 생각을 수정해야 할 것 같다.

처음에는 그저 왕의 위치에 있기 때문에 어떤 임무든 명령을 내리면 쉽게 해결이 되리라 생각했다.

하지만 암살은 다른 문제다. 우선적으로 암살에 대비하기 위해서는 경계를 강화해야 하는데, 현재 내 동기화로는 과연 누가 믿을 만한 사람인지를 파악하기가 쉽지 않다.

아무나 호위 무사랍시고 주변에 배치했다가 그자가 암살

범이라면, 사자 우리에 제 발로 들어간 꼴이 된다.

그렇다고 무턱대고 동기화를 높이는 것에만 집중했다가는 눈먼 칼에 죽을 수도 있는 노릇이었다.

"……그건 절대 안 되지."

임무 실패가 문제가 아니다. 이번 임무를 실패한다는 건 다시 말해서 정조가 죽는다는 것이다.

조선 시대에 실존했던 왕이 사라지면, 그가 이뤘던 업적은 물론 이후의 시대 흐름 역시 엉망이 되어 버릴 것은 자명했다.

흔히 말하는 나비 효과(butterfly effect). 초기 값의 미세한 차이에 의해 결과가 완전히 달라지는 현상을 뜻하는데, 이 정도면 미세한 차이가 아니라 태풍과도 같은 차이다. 훗날 어떠한 결과로 나타날지 그 누구도 알 수 없는 노릇이었다.

"후우, 일단 정조의 능력치부터 살펴보자."

향상된 레벨로 인해 이제는 정착자의 능력치 또한 확인이 가능했다.

[이산+]

조선 시대 22대 임금.

근력: 12

민첩: 11

체력: 9

지력: 13

*동기화가 낮아 확인할 수 없습니다.

꿀꺽.

"이 어마마한 능력치는 뭐야? 임금이라고 해서 이렇게 능력치가 높은 건 아니겠지?"

정조의 능력은 놀랍다는 말로 표현이 부족할 정도였다. 실제 내 능력과 비교해도 큰 차이가 없을 정도였으니 말이다.

게다가 그는 나처럼 정산의 방을 이용할 수 있는 시간 여행자도 아니었을 테니, 이는 순전히 노력만으로 쌓아올린 능력이라는 소리였다.

"좋아. 어쨌든 이 정도라면 능력 자체는 부족하지 않아. 게다가 누가 정조의 목숨을 노리는 것도 대강이나마 알고 있으니까."

가볍게 심호흡을 하며, 마음을 다스렸다. 일 년도 아니고 한 달도 아닌 일주일이다.

방심하지 않고 변수에 대비해서 준비한다면, 힘들긴 해도 불가능하지는 않다. 더군다나 지금의 신분은 어찌됐든 왕이지 않던가?

조금 어색하긴 해도 왕의 신분과 권한으로 밀어 붙인다

면, 어찌어찌 일주일 동안 정조의 역할은 수행할 수 있을 것이다.

어찌됐든 가장 중요한 것은 일주일 동안 살아남는 것. 그러기 위해서 꼬여버린 상황은 다시 본래의 몸을 되찾은 정조가 해결해줄 것이다.

"한 번 해보자."

암살의 방법은 다양하다.

우선 첫 번째는 날붙이를 이용한 방법이다. 사람의 육체에 해를 입힐 수 있는 뾰족하거나 날카로운 날붙이를 이용해서 목표의 숨통을 끊는 것이다.

두 번째는 사고로 위장하는 것이다. 구덩이를 파거나 혹은 말에서 낙마하게 만들거나 절벽에서 밀어버리는 것 같은 행위를 말한다. 방중술을 활용해서 남성을 복상사 시키는 것 또한 여기에 속하는 방법이라고 할 수 있다.

세 번째는 독살이다. 독초 혹은 독약 등을 음식 등에 섞어 대상의 목숨을 취하는 방법이다.

이밖에도 여러 다양한 방법이 있기는 하지만, 이들의 공통점은 하나다.

상대의 목숨을 취하는 것. 암살이란, 결국 목표로 한

대상을 죽이는 것을 의미한다.

그리고 이런 일을 전문적으로 하는 사람들을 가리켜서 세상은 암살자 혹은 살수라고 말한다.

"전하, 수라를 들이겠나이다."

"알았다."

상선 인우의 목소리에 대답하자 문이 열리며 줄지어 수라상이 안으로 들어왔다.

"와…… 흠흠."

절로 탄성이 흘러나오자 애써 입을 다물고 헛기침을 했다. 하지만 그러는 사이 눈동자는 재빠르게 수라상의 음식을 훑고 있었다. 텔레비전에서도 보지 못했던 음식이 상 위에 한가득 차려져 있었다.

상이 모두 들어오자 아래쪽에 앉아 있던 상궁이 젓가락을 들어 조심스레 자신의 공접시로 가져갔다.

'아, 이 사람이 기미 상궁이구나.'

사극에서 흔히 나오는 장면이다. 기미 상궁은 흔히 임금이 밥을 먹기 전에 먼저 시식을 하는 상궁으로 맛을 보기보다는 음식에 독이 있는지를 확인하는 것이 임무였다.

"전하, 젓수십시오."

은 식기로 한 번, 그리고 자신이 또 한 번 독의 유무를 확인한 상궁이 자세를 바로하면서 말했다.

기미 상궁의 기미가 끝나고 나서야 비로소 임금의 식사는 시작된다고 할 수 있었다.

"으음."

조심스레 젓가락을 들어 앞에 놓인 전을 하나 집어 들었다. 고소한 향기와 노릇노릇하게 익은 겉모습이 절로 식욕을 들게 만들었다.

바삭.

입안으로 넣어서 한입 베어 물자 전 특유의 고소하면서 달달한 맛이 입 안 가득 퍼져나갔다.

바삭— 바삭—

연이어 전을 씹자 그 진한 맛과 풍미가 더해졌다.

'맛있다.'

지금까지 먹었던 그 어떤 전보다 맛이 있었다. 조금의 과장을 더 보태자면, 요리를 주제로 다루는 애니메이션에서 주로 나오는 그런 리액션이 내 머리에서 터질 것 같은 그런 맛이었다.

[동기화가 향상됩니다.]

[현재 동기화는 18%입니다.]

식도락도 하나의 경험이기 때문일까? 음식을 맛봤을 뿐인데 적기는 하지만 동기화가 향상되었다.

맛도 좋은 음식도 먹고 동기화도 향상됐기 때문인지,

이번 임무로 인해서 조금은 다운되어 있던 기분이 회복되었다.

'저건 무슨 맛이려나.'

앞선 전 하나의 맛이 이럴 진데 다른 음식의 맛은 어떨지 벌써부터 궁금증이 치밀어 올랐다.

스윽.

상 위의 음식을 훑어보다가 기름기가 감도는 갈비찜의 모습이 보였다. 보고 있는 것만으로도 절로 입가 가득 침이 고였다.

꿀꺽.

재빨리 입가에 고인 침을 소리가 나지 않도록 삼켰다. 그리고는 간장에 잘 버무려진 적당한 크기의 갈비를 젓가락으로 집었다.

이어서 망설이지 않고 곧장 갈비를 입속으로 집어넣었다. 머릿속으로 상상하던 그 식감과 맛이 입속을 타고 전신으로 퍼져 나갔다.

오물오물.

'갈비도 맛있네.'

갈비의 식감과 양념 맛을 음미하며, 한창 씹어갈 때였다.

[알 수 없는 독에 중독 당했습니다.]

"……!"

익숙한 메시지가 눈앞에 떠올랐다.

"풰!"

동시에 생각할 것도 없이 입안에 남아 있는 갈비를 모두 뱉어 버렸다.

어떠한 독인지는 알 수 없지만, 지금은 독의 종류가 문제가 아니라 어찌됐든 독이라는 것에 집중해야 할 때다.

더욱이 이번 임무의 중요성과 정조의 존재를 생각하면 더욱더 허투루 행동할 수가 없었다.

"저, 전하?"

갑작스러운 행동에 내관들을 비롯한 상궁들이 크게 놀란 표정을 지었다.

특히 바로 옆에 있는 기미 상궁의 표정이 압권이었다. 그녀는 눈을 부릅뜨고 손에 들고 있던 젓가락마저 놓쳤다. 뿐만 아니라 당장 누가 건들기만 해도 쓰러질 것처럼 얼굴이 파리하게 질려 있었다.

'일단은 몸속에 들어간 독을 토해내는 게 먼저다.'

급히 옆에 놓인 물을 들이 마신 후 입가와 속에 남은 갈비의 찌꺼기를 뱉어 내었다.

그렇게 헛구역질을 얼마나 했을까? 속의 매스꺼움이 어느 정도 사라짐이 느껴졌다. 하지만 그렇다고 해서 아직 안심을 할 단계는 아니었다.

재빨리 지금 몸의 상태를 확인 했다.

[이산+]
조선 시대 22대 임금.
근력: 12
민첩: 11
체력: 9(-0.5)
지력: 13
*동기화가 낮아 확인할 수 없습니다.
상태: 현재 소량의 독에 중독된 상태입니다. 시간이 흐르면, 자연 회복될 수 있습니다.

체력의 수치가 -0.5라는 부분이 추가되어 있었다. 또한 설명에도 현재 소량의 독에 중독됐다는 문구가 추가되었다.

다행인 것은 극독이 아니었고 대처가 빨랐기 때문인지 비교적 몸 상태는 양호했다. 물론 그렇다고 해서 내가 먹었던 갈비에 들어 있던 독이 사라지는 것은 아니다.

"저, 전하. 어찌 그러십니까? 음식이 입에 맞지 않으십니까?"

어느새 내 곁으로 가까이 다가온 상선 인우가 물었다. 나는 그런 상선 인우를 보며 잠시 생각에 잠겼다.

'이 자는 믿어도 되는 자인가?'

상선이란 위치는 조선의 내궁을 담당하는 조직인 내시부의 우두머리였다.

품계는 종2품으로 임금을 옆에서 직접 보필하기 때문에 어지간한 관리는 상선의 말 한마디에 그의 보직과 운명이 바뀔 수도 있었다.

상선의 정원은 두 명으로 일인은 수라간을 지휘하여 임금, 중전, 대비 등의 수라를 챙기고 또 한 명은 내시들의 규율을 감찰하는 내시부사의 임무를 수행했다.

지금 내 옆에 있는 인우는 전자의 임무를 수행하는 상선이었다.

따라서 내가 먹은 음식에 독이 있다면, 음식과 관련이 된 소주방과 수라간뿐만 아니라 지금 눈앞에 있는 상선 인우에게도 책임이 있다고 할 수 있었다.

하지만 상선 인우의 표정은 죄를 지은 자의 얼굴이 아니었다. 그저 지금 상황에서 놀랍고 당황한 이의 얼굴이었다.

'어찌됐든 왕위에 오른 정조의 옆에 남아 있는 것으로 봐서는 믿어도 되는 자가 맞을 것이다. 그렇지 않는다면 세손 시절부터 끊임없이 암살 위협에 시달렸던 그가 상선 인우를 곁에 두지는 않았겠지.'

결정을 내린 뒤 가볍게 손을 들어 올렸다.

"갑자기 입맛이 사라졌네. 상을 치우도록 하게."

"하, 하지만……."

"치우게."

"알겠습니다. 상을 물리어라."

한 번은 있을지언정 두 번의 반대는 없다. 상선 인우는 곧 궁녀들에게 상을 물리라고 명을 내렸다.

그리고 그 순간 내 눈은 빠르게 기미 상궁을 훑어봤다. 그녀는 처음과는 달리 안도하는 모습을 보이고 있었다. 바보가 아닌 이상 그녀가 이번 일에 관련이 됐다는 것을 모르지 않을 것이다.

하지만 지금 당장 그녀에게 죄를 묻는 것은 그 배후에 있는 자들을 오히려 꽁꽁 숨게 만드는 것과 마찬가지였다. 지금은 그녀의 죄를 일단 눈감아 주는 게 맞았다.

궁녀들이 모두 물러가자 나는 상선 인우를 내가 앉아 있는 곳 가까이로 불렀다.

"상선."

"하명하시옵소서. 전하."

"아까 내가 먹은 음식에 독이 들어 있었네."

"……!"

독이라는 소리가 흘러나오자 그의 두 눈이 튀어나올 듯 부릅떠졌다.

임금이 먹는 수라에 독이 담겨 있다는 것은 그저 가볍게 웃어넘길 사안이 아니었다.

특히 세손 시절부터 다양한 암살 위협을 겪은 정조에게
는 더욱 더 심하다고 할 수 있었다.

쿵!

상선 인우가 서 있던 그 자리에서 무릎을 꿇었다. 소리만
듣기로는 무릎이 박살나지 않았을까 걱정이 될 만큼 큰 소
리였다.

"주, 죽여주시옵소서. 전하! 소신이 불민해서 그와 같은
일이 생겼나이다. 당장 어떠한 벌이라도 달게 받겠나이
다."

이 시대의 평범한 사람, 관리에게 있어서 임금이란 바로
이런 존재였나 보다.

음식에 독이 들어 있다고 한마디를 하니, 그에 대해 의심
을 하기 보다는 무조건 믿고 자신의 죄를 청한다. 핑계와
변명이 만연한 현대 사회에서는 있을 수도 볼 수도 없는 광
경이었다.

"자네를 혼내고자 하는 것이 아니네. 그러니 그만 자리
에서 일어나 편히 앉게나."

"저, 전하……."

"지금 왕명을 거역할 셈인가?"

짐짓 근엄한 척 얘기를 하니 상선 인우가 재빨리 자리에
서 일어나 몸을 바로 했다. 그의 이마에는 송골송골 땀방울
이 맺혀 있었다.

뭔가 닦을 것을 주고 싶었지만, 주변을 살펴도 마땅히 닦을 만한 것이 보이지 않았다.

할 수 없이 상선 인우가 좀 더 편하게 앉아 있을 수 있도록 해주고는 마저 말을 이었다.

"아까도 말했지만, 벌을 내리고자 했다면 아까 그 자리에서 벌을 내렸을 것이네. 그 자리에 심증이 가는 자가 있었네."

"전하, 혹 윤 상궁을 말씀하시는 것이옵니까?"

"윤 상궁?"

"오늘 기미를 봤던 상궁이옵니다."

상선 인우가 기미 상궁을 거론하자 고개를 끄덕였다.

"당장 내금위장을 불러 그자를 잡아오라 이르겠사옵니다. 또한, 문초를 해서 배후에 누가 있는지를 샅샅이 찾아내도록 하겠나이다."

"그리 할 필요 없네. 그리 해서는 꼬리에 꼬리를 물고 끝에 있는 자를 찾을 수 없을 것이야."

기미 상궁을 문초하면, 분명 그 배후를 찾을 수 있을 것이다. 하지만 그 꼭대기에 있는 자는 찾지 못할 것이다.

지금 시대보다 훨씬 이전에도 그리고 이후에도 사라지지 않는 것이 바로 꼬리 자르기였기 때문이다.

상선 인우는 내 말 뜻을 이해한다는 듯 고개를 크게 한 번 끄덕였다.

"전하의 뜻은 알겠사옵니다. 하지만 이번 일을 그냥 넘길 수는 없사옵니다. 감히, 조선의 지존을 해하려 한 자들이옵니다. 설령 꼬리일지라도 잡아서 일벌백계하지 않는다면, 그들은 분명 전하의 위엄을 무시하고 업신여길 것이옵니다."

"그냥 두고자 하는 것이 아니네. 단지 덫을 만들려면, 더 강한 덫을 치고자 하는 것이지. 그리고 적당히 시간도 벌고 말이지."

"무슨 말씀이시온지……."

상선 인우가 반문하며 고개를 갸웃거렸다. 그 모습을 보며 나는 그저 빙그레 웃으며 말을 이었다.

"이보게 상선. 임금이 몸이 아파 일주일 동안 쉬겠다고 하면 신하들이 짐을 무능하다고 욕하겠는가?"

"그럴 리가 있사옵니까? 한 마음으로 걱정하며, 몸에 좋은 약재들을 찾아 올리느라 모두 고심할 것이옵니다."

"그렇다면 다행이군. 아무래도 덫을 위해서 일주일 동안 좀 쉬어야 할 것 같아서 말이야."

"예?"

반문 하는 상선 인우를 바라보는 내 얼굴의 미소가 한층 더 짙어졌다.

"가서 은밀하면서도 티가 나도록 어의를 방으로 부르게. 내 긴히 할 말이 있다고 말이야."

Chapter 57. 지밀나인

흔히 생각하기에 왕의 하루는 매우 편한 삶처럼 생각될
것이다.

만인지상의 자리에 있는 왕에게 과연 누가 일을 시키고
잔소리를 할 수 있겠는가?

하지만 예상 달리 왕의 하루는 매우 피곤하고 무수히 많
은 업무가 있었다.

"왕이 처리하는 집무는 만 가지나 될 정도로 많다고 해
서 만기(萬機)라고 불렸다고 하니까."

왕의 하루 일과는 아침, 낮, 저녁, 밤의 네 단계로 구분이
되었다. 크게 아침에는 신하들과 정치에 관한 얘기를 논했

으며, 낮에는 자신을 찾아오는 방문객들을 만났다.

저녁에는 조정의 법령을 검토하며 보낸다. 그리고 밤이 온다고 해서 편히 쉴 수 있는 것 또한 아니었다.

밤이 되면 밀린 업무나 개인 공부를 해서 왕으로서 갖춰야 하는 위엄과 학식을 쌓았다.

여기에 또 중전을 포함한 후궁들까지 두루두루 챙겨줘야 하는 일도 있었다. 후손을 만드는 것 또한 왕으로서 반드시 해야 하는 일이었기 때문이었다.

물론 왕이 하기 싫으면, 이와 같은 일을 하지 않을 수도 있다.

하지만 그럴 경우에는 왕의 본분을 다하지 않고 있다 해서 수많은 유생들과 관리들의 상소가 빗발치는 경우가 다반사였다.

사극에서 흔히 나오지 않던가? 임금이 무슨 일을 하려고 하면 벌떼 같이 들고 일어나서 성문 앞에 자리를 잡고 앉아 있던 흰옷의 사람들. 그들이 조선시대 수많은 임금의 머리를 아프게 했던 유생들이었다.

그리고 이런 상소는 조정의 대소신료들에게 명분이란 무기가 됐으며, 이 무기는 왕의 신념을 무너트리거나 정치적인 공격을 위한 비수로 사용되었다.

와작-

앞에 놓인 접시의 약과를 들어 한입 베어 물으니 과하지도 그렇다고 덜하지도 않은 달달한 맛이 입 안 가득 퍼져 나갔다.

"만약 임무의 기간이 한 달만 됐어도 이런 방법은 쓸 수 없었겠지."

입가에 미소를 지으며, 바로 몇 시간 전 상선 인우가 불렀던 강명길을 떠올렸다.

"어의 강명길. 전하의 부름을 받고 왔사옵니다."

처음 상선 인우가 강명길을 불러왔을 때 나는 그가 어떠한 인물인지는 알지 못했다.

그저 사극에서 자주 봤듯 내의원의 가장 높은 자리가 어의였고, 임금의 옥체에 무슨 일이 생기면 늘 어의를 불렀기에 찾은 것이다.

하지만 강명길이란 이름을 듣는 순간 동기화는 향상됐고, 난 기억의 저편에서 그 이름을 찾아낼 수 있었다.

[동기화가 향상됩니다.]
[현재 동기화는 20%입니다.]

'어의 강명길. 분명, 다큐에서 제중신편(濟衆新編)이란 의서를 만든 사람으로 나왔었지.'

제중신편은 어의 강명길이 동의보감 등을 참고해서 만든

의서였다.

또한 그는 살아생전 정조의 총애를 받던 의원이기도 했다. 암살의 위협을 받던 세손 시절부터 교류가 있었으며, 정조는 강명길에게 한의학에 대한 지식을 배우기도 했었다.

'다시 말해서 현 시점에서 정조의 암살과는 상관이 없는 인물이기도 하지.'

칠일 동안 암살 위협에서 벗어나기 위한 조력자로 충분히 도움이 될 만한 사람이었다.

그리고 그때 내 머리에 또 한 명의 사람이 떠올랐다.

"다산!"

"예? 전하 갑자기 무슨 말씀이신지."

어의 강명길은 물론 상선 인우 또한 고개를 갸웃거렸다. 하지만 그런 그들의 반응과는 상관없이 내 머리는 한 명의 인물에게 집중하고 있었다.

'내가 왜 그 사람을 떠올리지 못했지?'

서서히 정조가 지닌 지식과 내가 지닌 지식이 융합되기 시작했기 때문일까? 강명길과 마찬가지로 정조와 엮인 인물이 또 한 명 떠올랐다.

다산(茶山) 정약용.

조선 후기의 문신이자 실학자 · 저술가 · 시인 · 철학자 · 과학자 · 공학자. 지금으로 치자면, 그야말로 만능 엔터테인먼트라고 할 수 있었다.

또한 그는 수원 화성을 지을 당시 거중기를 고안해낸 사람이기도 했다. 그리고 그는 정조의 충실한 신하로 조선 후기 여러 업적을 남겼다.

하지만 정약용에 대한 생각도 잠시, 곧 큰 문제가 있음을 깨달았다.

'지금 시점이면 그는 아직 약관의 나이. 관직에는 오르지 않았겠네.'

역사대로라면, 정약용이 관직에 진출하는 시기는 1789년이다. 지금이 1776년이니 아직 13년이나 남은 셈이었다.

'아쉽지만 어쩔 수 없지.'

미련이 남기는 하지만, 지금은 시기가 아니었다. 정약용에 대한 생각을 깔끔하게 털어버리고 시선을 어의 강명길에게로 돌렸다.

"오늘 누군가 내가 먹을 음식에 독을 탔네."

"안색이 평온한 걸 봐서는 독이 제 효과를 내지 못한 것 같사옵니다. 신이 맥을 봐야 정확하게 알 수 있겠으나, 이리 편히 말씀하시는 것으로 봐서는 위중하지 않은 듯하옵니다."

놀라는 표정도 잠시였다. 어의 강명길이 내 안색을 찬찬히 살피더니 몸의 상태부터 살폈다.

"자네는 내가 독살을 당할 뻔했다고 해도 크게 놀라지 않는군."

"전하께서 세손 시절 하루 잠을 자고나면 늘 있던 일이 아니었습니까? 신 강명길, 이미 그때 너무 놀라 놀랄 가슴이 다 떨어졌나이다."

정조의 세손 시절부터 인연이 있던 그는 이미 과거 여러 차례 있었던 암살 시도에 대해서도 알고 있었다. 그렇지 않았다면, 임금이 독살을 당할 뻔했다는 말을 이리 쉽게 받아치지 못했을 것이다.

"그나저나 독을 푼 범인은 추포하셨습니까?"

강명길의 물음에 나는 가볍게 고개를 저었다.

"그냥 풀어줬네."

"그 말씀은 이번에는 범인이 누구인지 아신다는 말씀이시군요."

이번에는 이라는 표현을 사용하는 것을 보니, 정조는 아직 자신을 독살하려는 세력을 정확히 알지 못하는 듯했다.

그게 아니라면, 심중은 있으나 물증이 없기에 자신의 측근에게조차 말을 아낀 것인지도 모른다.

"자네는 내가 왜 범인을 풀어줬을 것 같은가?"

나는 강명길을 똑바로 쳐다보며 질문을 했다. 정조가 눈앞에 있는 어의 강명길을 믿어왔던 것은 분명하다. 하지만 그렇다고 해서 나 또한 강명길을 무조건 믿어야 하는 것은 아니다.

앞으로 일주일. 그 일주일을 나는 내 방식대로 살아남을 것이기 때문이다. 그러기 위해서는 눈앞에 있는 이 사람이 과연 나와 한배를 탈 만한 사람인지, 또 그만한 배포와 두뇌를 가지고 있는지를 알아야 한다.

"……."

강명길이 아무 말 없이 지그시 내 얼굴을 쳐다봤다. 임금의 얼굴은 용안이라고 해서 허락 없이 함부로 쳐다보는 것은 죄를 짓는 일이었다.

그러나 그는 전혀 개의치 않았다. 다만 뒤쪽에 서 있는 상선 인우가 못마땅한 표정을 지을 뿐이었다. 한참의 시간이 흐르고 어의 강명길이 입을 열었다.

"모르겠습니다."

"모른다?"

"제가 아는 세손 시절의 전하라면, 분명 그 범인이란 자를 잡아 그 배후를 밝혔을 겁니다. 혹은 사람을 시켜 감시를 하도록 했을 겁니다. 그런데 전하께서는 전자는 물론 후자 역시 택하지 않으셨습니다. 그렇지 않으십니까?"

"맞네."

어의 강명길의 지적대로 내 선택은 전자도 후자도 아니었다. 이어서 그가 내 옷차림을 훑어 봤다.

지금의 내 옷은 야장의로 평상시에는 잠을 잘 때 입는 옷이다. 그런 옷을 해가 떨어지지도 않았음에도 내가 입고 있었다.

"하온데 밤이 깊지 않았음에도 야장의를 입으시고 신을 홀로 부르셨습니다. 약이 필요하시지 않음에도 말입니다. 이는 따로 신께 하명하실 것이 있어서라 사료됩니다."

적어도 눈치가 없는 자는 아니었다. 하지만 이것으로는 부족하다.

"그 하명할 것이 무엇이라 생각되는가?"

당신의 머릿속에 있는 생각을 나한테 보여야 한다. 적어도 그 생각의 정도를 알아야지 나 역시 일주일의 계획을 세울 수 있다.

강명길이 표정을 가라앉히고 입을 열었다.

"신 이런 옛날 얘기를 들은 적이 있습니다."

"옛날 얘기라. 말해 보게나."

고개를 끄덕이자 강명길이 얘기를 이어나갔다.

"한 양반집에 커다란 곳간이 있었습니다. 그 곳간에는 쌀이 가득 차 있었는데, 영리한 쥐 한 마리가 매일 같이 곳간을 드나들며 쌀을 훔쳤나이다."

"계속 해보게나."

"그 집의 종복들이 머리를 모아 그 영리한 쥐를 잡으려고 했으나, 쥐가 어찌나 똑똑한지 번번이 골탕만 먹을 뿐이었습니다. 마을의 날랜 고양이를 곳간 근처에 배치해도 마찬가지였습니다."

홍미가 도는 얘기에 나는 물론 뒤쪽에 서 있던 상선 인우 또한 귀를 기울였다. 어의 강명길의 얘기는 막히지 않고 계속되었다.

   "그렇게 종복들의 속이 시꺼멓게 타들어갈 때 즈음. 탁발을 하기 위해 양반집을 방문했던 스님이 쌀 한 말을 시주하면, 그 쥐를 잡을 방도를 알려 주겠다고 했습니다. 종복들이 쌀을 모아서 시주하자 스님이 방법을 한 가지 방법을 알려줬습니다."

   "그 방법이 무엇인가?"

   "그냥 내버려 두는 것이었습니다."

   "내버려 둬?"

   어의 강명길이 고개를 끄덕였다.

   "스님의 말에 따라 종복들이 한동안 쥐를 내버려 두었습니다. 과연 그러하니 조심성 많던 쥐가 어느 순간부터 사람을 봐도 피하지 않고 곳간을 들락거리더니, 곳간이 제 집인 것 마냥 행동한다고 했습니다. 이때다 싶은 종복들이 날래기로 소문난 고양이를 한 마리 데려와 곳간에 풀어 놓으니, 고양이 울음소리를 들은 쥐가 깜작 놀라 도망치려고 해도 살이 너무 쪄서 아등바등 거리다가 고양이에게 잡아 먹혔다고 하옵니다."

   "재미난 얘기를 잘 들었네. 그래서 자네가 내게 이 얘기를 하는 까닭과 내가 자네에게 하명할 것이 무슨 관계가 있다는 것인가?"

이어지는 내 질문에 강명길이 자세를 바로 했다. 더불어 그의 두 눈동자를 쳐다보니, 강렬하다는 표현이 딱 들어맞는 기세가 느껴졌다.

"무릇 영리한 자라 할지라도 배가 부르면 그 생각이 맑지 못하고 움직임이 둔해져서 결국 스스로 명줄을 재촉하는 법입니다. 지금 전하를 노리는 자들이 자신들이 영민하다고 여겨 계속 이와 같은 짓을 저지르고 있으나, 전하께서 이미 그들의 행태를 알고 대비를 하고 계시옵니다. 오늘 또한 죄를 저지른 이가 누구인지 알고 계시면서도 그를 잡지 않으시고 신을 부르셨으니, 그간 당기고 있던 활시위의 화살을 이제 그만 쏘아 보내려고 하는 게 아니십니까?"

나쁘지 않다. 아니, 오히려 좋다고 할 수 있다. 적어도 강명길이 말하는 내용의 절반 이상은 내 생각과 같았다.

다만 나는 활시위의 화살을 목표를 향해 겨누기만 할 것이다. 그 화살을 쏘느냐 마느냐는 내가 아닌 일주일 뒤 실제 이 몸의 주인인 정조에게 맡길 것이다.

역사가 바뀔까 두려워서? 물론 그러한 것도 있다. 하지만 그것보다 더 큰 이유가 있다.

'복수는 당사자가 해야지. 적어도 그간의 인물들과 다르게 당신에게는 충분한 힘이 있으니까.'

내가 개입을 해서 판을 깰 만큼 정조는 무능한 왕이 아니었다.

"자네의 말이 맞네. 해서 이 방을 나가는 즉시 자네는 한 가지 소문을 내줬으면 한다네."

"하명하시옵소서."

"왕이 무엇을 잘못 먹었는지 열이 심하게 나고 한기를 느낀다고 내의원에 전하게. 또한 내가 말한 증상과 어울리는 병명을 생각하고 그에 맞는 약을 지어 올리도록 하게나."

"어려운 일은 아니옵니다. 하오나 그리하면, 그들이 전하께서 위중하다고 생각해서 지금까지 숨겨왔던 발톱을 보일 수도 있습니다. 이로 인해 자칫 전하께 해가 되는 일이 생기지 않을까 염려되옵니다."

"물론 그럴 수도 있겠지. 해서 그 일은 상선에게 부탁을 좀 해야겠네. 상선."

"예, 전하."

내 부름에 상선 인우가 부복하며 대답했다.

"믿을 만한 사람으로 경계를 강화하게. 일주일, 적어도 일주일 동안은 불손한 마음을 먹은 자가 절대 내 곁에 올 수 없어야 하네."

"분부 받잡겠사옵니다."

상선 인우의 대답을 뒤로하고 난 다시 어의 강명길을

쳐다봤다.

"물론 우리가 이리 한다고 해도 저들이 모습을 보일 것이라는 보장은 없네. 하지만 편협한 자는 자신의 적이 약해졌을 때를 결코 놓치지 않는 법. 자네의 입을 타고 내 건강이 위중하다는 소문이 돌면, 어떤 식으로든 행동을 취할 것이네. 하지만 만약 자네의 행동이 어색하거나 수상하면, 저들은 오히려 더욱 의심해서 깊이 숨어들 것이야. 내 말 무슨 소리인지 알겠나?"

내 당부에 어의 강명길은 처음으로 입가에 가벼운 미소를 지었다.

"걱정하지 마시옵소서. 이번에 신께 또 다른 재주가 있음을 전하께 보여드리겠나이다."

그렇게 어의 강명길이 물러가자 얼마 지나지 않아 해가 떨어지고 곧 밤이 찾아왔다.

형광등이란 것이 아직 발명도 되지 않은 세상이지만, 그래도 한 나라를 지배하는 임금의 처소였다.

촛불을 켜놓은 것만으로도 방안이 마치 대낮처럼 환하게 밝혀져 있었다.

물론 이는 내가 어둠을 무서워해서도 아니고 암살에 대한 두려움 때문도 아니었다.

늦은 시각. 상선 인우가 갑자기 데려온 한 사람 때문이었다.

"······상선 옆에 그 여인은 누구인가?"

상선 인우의 옆에는 궁녀의 복장을 하고 있는 여성이 앉아 있었다.

조선시대라고는 하지만 아무리 나이를 많이 쳐줘도 고등학생 정도로 보였다.

'설마 내가 생각하는 그런 건 아니겠지?'

정확히 알지는 못하지만, 내관들 중에는 은밀히 임금의 성생활에도 관여한 이들이 존재했다.

이들은 주로 상궁들과 논의해서 임금의 취향에 맞는 궁녀를 고르거나 혹은 밖에서 그런 여성을 찾아 대령하고는 했다.

불안한 마음으로 기다리고 있자니, 상선 인우가 숙였던 고개를 들며 말했다.

"아 아이는 본래 고아로 저잣거리를 떠돌아다니던 거지였으나, 눈빛이 곱고 맑아 소인이 거뒀습니다."

"그럼, 상선의 양녀란 말인가?"

흔히 내관은 음경을 비롯한 고환이 없다고 알려져 있다. 이는 그들이 궁궐 내에서 여인을 넘보지 않게 하기 위한 조치였다.

물론 그렇다고 해서 내관들이 결혼을 하지 않는 것은 아니었다.

내관들 역시 일정한 나이가 되면, 결혼을 했으며 사내

아이나 여자아이를 자신의 양자와 양녀로 입양해서 대를 잇도록 했다.

내 질문을 받은 상선 인우가 고개를 끄덕이며, 옆에 앉아 있는 궁녀 복장의 여인에게 눈짓을 줬다. 그러자 그녀가 고개를 숙이며 입을 열었다.

"수향이라 하옵니다."

자신을 수향이라고 소개한 여인. 그 여인을 조심스레 그리고 찬찬히 훑어봤다.

미색이 아름다워서? 물론 아름다운 것도 있었다. 현대와 조선시대의 미에 대한 관점이 다르다고는 하지만 수향은 분명 단아하면서도 청초한 아름다움을 지니고 있었다.

수향은 당장 현대로 간다 해도 그 순수하고 깨끗한 이미지 때문에 빗발치듯 탤런트 제의를 받았을 것이다.

하지만 내가 수향을 자세히 살피는 이유는 정작 외모가 아닌 다른 곳에 있었다. 수향을 아래위로 살피다가 내 시선이 멈춘 곳은 바로 그녀의 손이었다.

"이 아이 혹시 무예(武藝)를 배웠는가?"

특수 부대의 훈련 교관이었던 마이클 도면의 기억에 의하면, 그녀의 손가락에 박힌 굳은살은 단순히 집안일을 통해서 생기는 종류의 것이 아니었다.

상선 인우가 조금 놀란 표정으로 대답했다.

"그렇습니다. 신이 어린 시절부터 따로 스승을 두게 해서 검술은 물론 권각술을 배우게 했습니다."

"검술과 권각술이라……."

조선 시대는 무(武)보다는 문(文)이 그 가치를 인정받고 득세하던 시절이었다.

그 때문에 아버지가 나라의 장수일지라도 그 딸이 서화(書畵)를 배웠으면 배웠지 무예를 배우고 익히는 경우는 거의 없었다.

그런데 내관의 양녀가 무예를 배웠다? 이는 보통의 상식으로는 이해하기 힘든 일이었다.

"이번에는 내가 상선께 물어야겠네. 무슨 생각을 해서 이 수향이란 아이를 내게 데리고 왔는지 말일세. 미색도 출중하고 무예도 익힌 아이를 대체 왜 이 야심한 시각에 처소에 데려왔는가?"

"……전하를 위험에서 지키기 위함이옵니다."

"위험에서 지킨다?"

"신을 비롯한 내금위들이 전하를 지킨다고 해도 이는 문밖이옵니다. 혹 만약 소신들이 그들을 막지 못하고 불순한 이들이 문턱을 넘어 전하의 침전을 습격한다면, 이를 가장 먼저 알 수 있는 것은 문밖에서 대기하고 있는 지밀나인이옵니다."

지밀나인은 임금이 잠든 방 주변에서 침실을 지키는 궁녀를 뜻한다. 그녀들은 격일 교대로 임금의 침실 주변을 지켰는데, 어느 날 누가 근무를 하는지는 일급 기밀에 속하는 정보였다.

혹 이에 대해 궁금해 하거나 알아내고자 하는 자가 있다면, 임금에 대한 불손한 의도를 가지고 있다고 해서 엄벌에 처해지기도 했다.

"그래서 이 아이를 지밀나인으로 삼고자 데려온 것인가?"

"그렇사옵니다."

"흠. 지밀나인이라……."

지밀나인을 거론하는 순간 상선 인우가 대충 무슨 의도로 수향이란 아이를 데리고 왔는지 이해가 갔다.

확실히 그의 말대로 무예를 익힌 지밀나인이 침전을 호위한다면, 만약의 상황에서 여벌의 목숨이 생기는 셈이다. 하지만 앞선 왕들이 그걸 몰랐을까?

시국이 어수선한 상황이면 상황일수록 왕 또한 자신의 옆에 뛰어난 실력을 지닌 호위무사를 두고 싶어 했을 것이다. 하지만 대부분의 왕들은 호위는 두었으나, 그들도 어느 정도 선을 두게 했다.

그 대표적인 예로 조선 시대의 운검과 별운검을 들 수 있다. 둘은 왕의 호위무사를 가리키는 직책으로 운검은 2품 이상의 고위 무관 중에서 선발됐으며, 별운검은 왕이 신임하는 문신 중에서 특별히 선발되었다.

이름에서 알 수 있듯 별운검은 특별한 운검이라는 뜻이었다. 이들은 조선시대 대표적인 왕의 호위무사인 금군보다 측근에서 경호를 했으며, 특별한 행사가 있을 경우에는 칼을 들고 왕의 바로 옆에서 경호를 했다.

금군이 출입할 수 없는 곳 또한 운검과 별운검은 칼을 차고 들어갈 수 있을 정도로 이들은 왕의 대단한 신임을 받았다.

하지만 이런 운검과 별운검도 왕의 침전에 있지는 않았다. 그들 역시 사람이었기 때문이다. 언제 어느 순간 마음이 바뀔 수 있는 그런 사람 말이다.

'물론 누군가는 그렇게 말할 것이다. 그렇게 바뀔 마음을 지닌 사람이라면, 호위를 하는 도중 일을 벌이지 않겠냐고. 하지만 그러기에는 조선이라는 나라가 그 무엇보다도 명분을 중요시 했다는 게 바로 변수지.'

조선 시대의 권력가들이 목숨보다 중요하게 생각했던 것이 바로 명분이었다.

명분 없이 저지른 일은 같은 당파의 사람은 물론 백성들에게도 인정을 받지 못한다.

쉽게 말해서 명분이 존재하는 역모는 성공하면 혁명이지만, 명분이 없이 성공한 역모는 성공하더라도 찬탈이자 반란일 뿐이었다.

그 때문에 혹 운검이나 별운검 등의 호위무사를 매수해서 임금에게 해를 가한다면, 오히려 큰 손해를 보는 것은 일을 벌인 쪽이었다.

그렇기 때문에 항시 대립을 하는 당파나 왕은 서로 하나의 명분이라도 더 얻기 위한 기 싸움을 시시때때로 벌였다.

하지만 이런 명분도 누군가 보는 사람이 있을 경우에나 존재하고 생기는 것이다.

'……잠을 자던 임금이 갑자기 칼침을 맞고 죽었다. 범인은 모른다. 의심 가는 사람이 있다고 해서 아무런 증거도 없이 그 자를 족칠 수는 없는 노릇이지. 그 때문에 정조가 눈엣가시 같았던 노론도 그를 죽이기 위해 측근을 매수하기 보다는 자객을 썼던 것이고.'

그런데 임금이 신임하던 운검과 별운검도 아닌 자. 그것도 생전 처음 보는 자를 상선 인우는 지밀나인으로 두자고 말하고 있었다.

정조가 상선 인우를 신뢰했다고 해도 상식적으로 받아들일 수 없는 일이었다.

피식.

가볍게 웃음을 흘리고는 수향을 지나쳐 상선 인우에게 시선을 두었다.

"손끝을 보니 무예 솜씨가 제법일 것 같은데. 혹 저 여인이 다른 마음을 먹고 내 목을 노리면 어떻게 하는가? 상선의 말대로 지밀나인으로 두면 저 여인이 그 누구보다 가장 빠르게 내 목을 노릴 수 있을 것 같은데."

"마, 말도 안 되옵니다. 그런 일은 절대 없을 것이옵니다!"

내 지적에 그가 깜짝 놀라 손을 내저었다. 하지만 그의 말에 난 무감정한 목소리로 말했다.

"세상 그 어디에도 절대라는 건 없네."

절대라는 것이 없다는 것을 난 최근 들어 너무 많이 겪었다.

또한 한 명을 믿기에 그 사람이 추천하는 다른 사람을 믿을 정도로 지금의 내가 여유 있는 형편도 아니었다.

만약 일이 잘못되어서 수향이란 여인이 매수를 당하고 내 목을 노린다면? 그리고 방심하고 있던 내가 칼이라도 맞아 정조가 죽게 되면 어떻게 될까?

단순히 '아, 임무에 실패했다.'라고 끝날 상황이 아니었다. 물론 그런 상황을 제외하고도 당연히 난 수향이란 여인을 추천한 상선 인우를 원망할 것이다.

만약 그자가 그리 하자고 하지 않았다면, 벌어지지 않았을 일이니까 말이다.

하지만 분명한 건 이는 나 스스로 자기 위안을 하기 위한 변명에 지나지 않는다는 것이다.

결국, 모든 선택은 내가 한 것이고 그에 따라 벌어진 일에 대한 책임 역시 온전히 내가 감당해야 되기 때문이었다.

"상선의 뜻은 고맙지만, 이번 제안은 없던 것으로 하겠네."

"전하……."

"밤이 늦었으니 그만 물러가게."

뜻을 확실히 정했고 그대로 전했다. 그 또한 내 의지를 알았는지 차마 꺼내던 말을 계속 잇지 못하고 입을 다물었다. 그리고 그렇게 상선 인우가 막 자리에서 일어나려던 순간이었다.

"소녀가 무서우십니까?"

나직하고 청초한 한 마디가 내 귓전을 흔들었다.

Chapter 58. 왕실의 검동

　"……뭐?"

　뜬금없는 질문에 도리어 당황한 것은 내 쪽이었다. 설마
저리 당돌하게 물어올 줄은 상상도 못했기 때문이었다.

　"고작 이 연약한 여인이 무섭냐고 여쭸습니다."

　"지금 무슨 소리를 하는 게냐!"

　당황한 상선 인우가 급히 수향을 향해 소리쳤다.

　"아니네. 그냥 두게."

　손을 들어 그의 행동을 제지한 뒤 수향을 다시 쳐다봤다.

　"어째서 그리 말하는 것이냐?"

　"전하께서 조금 전에 말씀하시지 않으셨습니까? 소녀가

지밀나인이 되고 매수당하면 가장 빠르게 전하의 목을 노
릴 수 있다고 말이옵니다."

"틀린 말은 아니지."

"틀린 말입니다."

"내 말이 틀렸다?"

"전하께서는 약하시지 않으니까요. 제게 무예를 알려주
신 사부님들보다 더 강한 기가 느껴집니다."

"……."

조금 소름이 돋았다. 확실히 정조의 능력치를 확인한 순
간 나 역시 놀랐으니까 말이다. 분명 정조의 능력은 뼈를
깎는 고통이 동반되지 않고는 가질 수 없는 수치였다.

"나이가 어떻게 되느냐?"

"방년(芳年) 17세이옵니다."

"17세라……."

현대로 치면 중학교를 갓 졸업한 고등학생이었다. 보통
의 고등학생이 어떤 생활을 하던가?

대다수 야간 학습에 힘들어하고 아이돌을 보며 환호하거
나, 친구들과 함께 분식집이나 카페에 들려 수다를 떠는 것
이 일상인 나이다.

그런데 조선 시대로 오니 검술과 권각술을 익혔고 왕인
정조가 지닌 힘을 느낄 수 있을 정도의 실력을 갖춘 고수가
되어 나타났다.

"무림 여고생인가."

"그게 무엇이옵니까?"

"아무것도 아니다."

중얼거림을 들은 수향이 반문했다. 내가 고개를 흔들고
는 다시 수향을 천천히 살폈다.

미색은 두말할 것 없이 청출어람. 키 또한 160cm 정도
되어 보이는 것이 조선 시대의 여인 치고는 상당히 큰 키였
다.

체구 역시 옷에 가려져 있지만, 균형이 잘 잡히고 단단해
보였다. 그리고 무엇보다 손의 굳은살이 그녀가 얼마나 수
련을 해왔는지를 여실 없이 보여줬다.

하지만 그렇다고 해서 이런 이유가 그녀를 반드시 지밀
나인으로 둬야 할 근거가 될 수는 없었다.

'잠깐, 꼭 그녀를 지밀나인으로 둘 필요는 없잖아?'

애초에 상선 인우가 지밀나인 얘기를 꺼냈기 때문에 내
머릿속의 생각도 계속 하나에만 머물러 있었다.

하지만 생각을 전환해보자. 궁에는 수많은 직책이 있고
왕의 의지에 따라서 없던 관직도 새롭게 만들어진다. 따라
서 마땅한 직책이 없다고 해도 왕이 그 품계를 정해서 새롭
게 만들면 그 뿐이었다.

'신하들의 반발? 어차피 내가 집중해야 할 것은 정조가
일주일 동안 털끝 하나 다치지 않게 하는 것뿐이야. 그 뒤의

일이야 몸의 주인이 알아서 하겠지.'

애초에 어의 강명길에게 내가 병이 났다고 소문을 퍼트리라고 했던 것 또한 이 때문이지 않았던가?

정조를 노리는 적이 이 기회를 노리고 암살을 시도한다면 위험할 수 있겠지만, 어찌됐든 익숙하지도 않은 왕의 일상을 보내다가 갑작스레 암습을 당하는 것보다야 쉽게 몸을 지킬 수 있을 테니까.

생각을 마친 후 상선 인우와 수향을 번갈아 쳐다보며 말했다.

"좋다. 그럼, 기회를 주지."

두 사람이 기대어린 눈빛으로 나를 쳐다봤다. 그런 그들을 보며 입을 열었다.

"이 아이를 내 검동(劍童)으로 삼겠네."

검동이란 소리에 그들의 눈동자에 궁금증이 일렁거렸다. 그럴 것이 내 입에서 나온 소리가 전혀 뜻밖이었기 때문이었다.

"내 본래 무예에 관심이 많다는 것은 상선도 잘 알고 있을 것이네."

"그, 그러하옵니다. 전하."

물론 나는 이산이 진짜 무예에 관심이 많은지 혹은 어떤 것을 수련했는지 알지 못한다. 아직 그 정도의 동기화를 이루지 못했기 때문이었다.

하지만 현재 이산이 지닌 능력의 수치. 비정상적으로 높은 수치를 보면, 단순히 체력 단련만을 해 온 것은 아니라는 것쯤은 추측할 수 있다.

[이산+]
조선 시대 22대 임금.
근력: 12
민첩: 11
체력: 9
지력: 13
*동기화가 낮아 확인할 수 없습니다.

'분명 그만의 특별한 수련법이 있을 것이다.'
어쩌면 역사에는 남지 않은 조선 시대 왕들만의 수련법이 있는 것인지도 모른다. 예를 들자면, 조선 왕실 무예 같은 것 말이다.
잠시 생각을 정리하고 말을 이어나갔다.
"검동을 주변에 하나 두는 것쯤이야 크게 이상할 것도 없지 않은가?"
실제로 이 시대의 양반들은 무예가 뛰어난 이들을 측근으로 두고 거동을 할 때 항시 자신의 주변을 따르게 했다. 만약의 상황이 벌어졌을 경우 관의 포졸에게 도움을 받기가 여의치 않았기 때문이었다.

이 때문에 신분이 비천하다고 해도 무예가 뛰어나면, 나름대로의 대접을 받을 수 있었다. 상선 인우가 고개를 작게 끄덕이며 대답했다.

"……하오나 전하. 전하께서 이미 어의에게 병환이 나셨음을 알리라고 하셨는데, 갑자기 주변에 검동을 두면 신료들이 이상하게 생각하지 않을까 걱정되옵니다."

그의 말도 일리가 있었다. 하지만 이 또한 이미 생각해둔 핑계가 있었다.

"선비가 아프면 글 선생을 옆에 두어 책을 읽게 하지 않는가? 몸이 아파 무예를 수련할 수 없으니, 검동을 두는 것도 이와 같은 이유라고 말하면 될 것이네."

조선 시대 선비들에게 있어서 학문을 갈고 닦는 것은 입신양명(立身揚名)의 길이자 삶 그 자체였다.

이 때문에 선비들은 몸이 아프면, 글 선생을 옆에 두어 글을 읽도록 하게하고 자신은 누워 그 글귀를 경청했다. 그것이 선비의 도리라고 생각했기 때문이었다.

"하오나 전하……."

"지밀나인의 신분으로 있다면 무기 또한 지참할 수 없을 것이네. 물론 숨겨서 지니고 있을 수는 있겠지만, 만약 발각이라도 된다면 그 책임을 아니 물을 수 없네. 그렇지 않은가?"

"······그렇사옵니다."

애초에 임금의 측근에서 머무는 자가 허락받지 않고 무기를 지니는 것은 역모의 죄였다.

설령 내가 허락을 했다고 해도 이는 충분히 구설수에 오를 수 있는 사항이었다. 그렇게 된다면, 앞에 있는 수향이란 아이는 큰 고초를 겪을 것이다.

"그게 아니라면 너는 제대로 된 무기도 없이 이 나를 지킬 수 있겠느냐?"

이번 질문은 수향을 향해 던진 것이다. 잠시 생각을 하던 수향이 고개를 저었다.

"소녀 무예에는 자신 있지만, 그렇다고 한들 자신 있게 그렇다고 말씀드릴 수는 없습니다. 남을 해치는 것보다 지키는 것이 몇 곱절은 더 어렵기 때문입니다."

"그래, 더욱이 저들도 임금인 나를 죽이려고 하는데 어중이떠중이를 보내지는 않을 테니까. 하지만 네가 검동의 신분이라면 무기를 지니고 있어도 큰 문제가 없다. 애초에 병환으로 인해 수련을 할 수 없기에 검동의 무예를 보며 위안을 삼으려고 한 것인데. 검동에게 무기가 들려 있다고 한들 이상하게 생각할 사람은 없을 테니까 말이다."

"전하의 영민함에 그저 감탄할 뿐이옵니다."

더는 무슨 말을 해도 소용이 없다는 것을 눈치 챘기 때문일까? 상선 인우가 고개를 조아렸다. 시선을 돌려 다시 그 옆에 앉아 있는 수향을 쳐다봤다.

"상선은 내 뜻을 따르기로 했는데. 당사자인 너는 내 검 동이 되는 것을 어찌 생각하느냐?"

"소녀는 그저 전하의 명에 따를 뿐이옵니다."

조금 전과 같은 당돌함은 없었다. 하지만 그러한 점이 더 마음에 들었다. 적어도 자신만의 소신은 있다는 소리였다. 그 모습에서 내 뒤통수를 칠 것 같다는 모습은 상상이 되지 않았다.

씨익.

입가에 한 줄기 미소가 지어졌다.

"자, 오늘은 밤이 깊었으니 수향이 네 실력은 내일 보도 록 하마. 상선은 그만 아이와 함께 물러가도록 하게."

"네? 오늘부터 전하의 곁에 머무는 것이 아닌가요?"

물러가라는 소리에 눈을 동그랗게 뜬 수향이 되물어 왔 다. 그 질문에 나는 고개를 저었다.

물론 당장 오늘 밤부터 자객이 이 몸을 노리고 습격을 해 올 수도 있는 일이다.

하지만 적어도 내 직감은 오늘은 아니라고 말하고 있었 다. 이산을 죽이려고 했던 자들 또한 독살이 실패했으니, 섣부르게 움직이기 보다는 또 다른 기회를 노릴 확률이 높 았기 때문이다.

문제는 그 시간이었다.

'뭐, 어찌됐든 나 역시 생각을 정리할 시간이 필요하니까.'

임무 창을 활성화해서 현재 남은 시간을 확인했다.

[현재 남은 시간 158시간입니다.]

첫 단추가 중요하다는 말이 있다. 앞으로 일주일을 어떻게 보낼 것인지에 대해서 생각을 정리할 시간이 필요했다. 그리고 이 시간은 아주 긴급한 일이 아닌 이상은 누구에게도 방해를 받고 싶지 않았다.

이 일주일을 어떻게 보내느냐에 따라서 난 뭔가를 잃을 수도 있고 또 얻을 수도 있었다.

"내일부터 일주일 동안은 꽤 고단한 시간이 될 테니 오늘이라도 푹 쉬는 게 좋을 것이다. 상선 물러가게."

다시 한 번 나직한 목소리로 축객령(逐客令)을 내렸다. 그러자 상선 인우가 풀이 죽은 수향에게 눈짓을 주고는 뒷걸음질로 강녕전을 벗어났다.

스윽.

"후……."

가볍게 눈을 감고 주변을 살폈다. 다행이도 본래 내 몸의 능력과 이산의 능력에는 수치상 큰 차이가 없었기 때문에 몸을 쓰는 것은 어려움이 없었다.

'지밀나인을 제외하고는 근방에는 아무도 없구나.'

주변에서 느껴지는 인기척은 문 하나를 두고 밖에 서 있는 지밀나인들이 전부였다.

'그래도 혹시 모르니까.'

감았던 눈을 뜨고 아주 작은 목소리로 말했다.

"나오너라."

적막한 방안에 울려 퍼진 한 마디였다. 그러나 방안에서는 어떠한 변화도 없었다.

"나오너라."

다시 같은 말을 번복했다. 흡사 다른 누군가 본다면, 귀신에 홀렸거나 미쳤다고 생각할 모습이었다.

상선이 이 자리에 있었다면, 당장 어의를 부르겠다고 했을 것이다. 하지만 그와는 상관없이 이 뒤로도 나는 몇 번이나 같은 행동을 반복했다.

하지만 방안에는 어떠한 변화도 인기척도 생기지 않았다. 그제야 내 입가에는 작게나마 미소가 걸렸다.

"비밀 호위 같은 사람은 없나보네."

드라마나 영화, 소설을 보면 왕의 주변에는 늘 비밀리에 호위를 하는 무사들이 있었다.

특히 이산은 세손 시절부터 계속 암살에 시달리지 않았던가? 어쩌면 보이지 않는 호위가 있을지도 몰랐기에 조금 전의 행동을 한 것인데, 아무래도 비밀 호위 같은 것은 극의 재미를 위한 설정이었던 것 같았다.

비밀 호위가 없다는 것을 확인하고 다음으로 시선을 둔 것은 침상 옆에 놓인 검이었다.

손을 뻗어 검을 잡았다. 손잡이인 도올 부분에는 용과 봉황이 조각되어 있었고 그 끝에 이르러서는 금색 수실이 매달려 있었다.

일곱 마리의 용이 승천하는 모양새로 새겨진 검집은 과연 임금의 검이라 불릴 만큼 화려함의 극치였다.

"……가검(假劍)인가?"

손에 힘을 줘서 검을 뽑았다.

스르릉.

동시에 듣는 것만으로도 귀가 맑아지는 청명한 소리가 방안에 울려 퍼졌다. 검은 날이 잘 벼려진 진검이었다. 자리에서 일어나 가볍게 검을 휘둘렀다.

지금의 내 기억에는 없지만, 이산의 몸은 기억하고 있던 덕분인지 검은 제법 날카로운 기세를 뿌리며 움직였다.

[동기화가 향상됩니다.]
[현재 동기화는 24%입니다.]

동시에 동기화가 향상되며 수면 아래 잠자고 있던 몇 가지 기억들이 연이어 떠올랐다.

"이런……."

그건 살인에 대한 추억이었다. 이산은 자신을 죽이려고 했던 자객을 직접 죽인 적이 있었다.

물론 이는 그 어디에도 기록되지 않은 내용이었다. 왜냐하면 그날 이산은 자신이 죽인 자객의 얼굴을 확인하고 크게 놀랐기 때문이었다.

"윤."

자객의 이름은 윤.

이산이 세손 시절 직접 거둔 호위무사였다. 마음이 여리고 장난기가 많았던 그 녀석에게 이산은 손수 옷과 검을 선물하기도 했었다.

하지만 윤은 결국 이산의 심장에 칼을 꽂으려고 했다. 만약 그날 쓸데없는 상념으로 잠을 뒤척거리지 않았다면, 이산은 믿었던 호위무사 윤에 의해 숨을 거뒀을 것이다.

그 뒤로 이산은 조사를 통해 윤의 인적사항이 모두 거짓이라는 알 수 있었다. 그의 가족과 살던 마을은 모두 허위 기록이었다.

윤이 호위무사가 되기 이전. 그러니까 호위무사로의 자격이 있는지를 조사했던 관리 역시 이미 궁에서 자취를 감춘 뒤였다.

"어쩌면 그때의 배신으로 인해 비밀 호위가 없는 것일 수도 있겠네."

그 사건 이후 이산은 자신의 측근들을 믿으면서도 일정 이상의 거리를 항상 두었다. 언젠가 자신이 믿는 측근들이 자신의 심장에 비수를 꼽을 수 있다는 가능성을 항상 열어둔 것이다.

또 항시 무예 수련을 게을리 하지 않았는데, 이는 긴급한 순간 자신을 살리는 것은 결국 자신이 지닌 실력이라고 믿었기 때문이었다.

이 때문에 중신들의 상소에도 불과하고 이산은 자신의 방에 항상 날이 잘 벼려진 검을 두었다.

"보통사람이라면, 진즉 미쳐버렸을 지도 모르는 일을 잘도 견뎠네. 대단한 사람이야."

새로 떠오른 이산의 기억을 엿보니 안타까움과 더불어 존경심마저 들었다.

과연 나라면 내가 믿는 사람이 어느 순간 갑자기 심장에 칼을 꼽을지 모른다는 사실을 알고 살아갈 수 있을까?

매일 같이 죽을지 모른다는 두려움을 이겨내고 제정신으로 버틸 수 있을까?

지금의 나라면 모르겠지만, 적어도 과거의 나라면 답은 불가능이었다. 스스로 겁에 질려 목숨을 끊지 않았으면, 다행이었을 것이다.

"그나저나 살인이라니."

문득 마음 깊은 곳에서 불안감이 치밀어 올랐다. 지금까지 여행을 하면서 사람을 죽여본 적은 단 한 번도 없다.

물론 사람을 죽인 경험을 가진 사람은 있었지만, 어찌됐든 사람을 구했으면 구했지 내 의지로 누군가를 죽인 적은 없었다.

하지만 이번에는 다르다. 살기 위해서는 죽여야 할지도 모른다. 아니, 역사가 송두리째 바뀌는 것을 막기 위해서라면 그래야 할 수도 있다.

문제는 과연 내 정신력이 그런 상황을 감당할 수 있느냐는 것이다.

"……."

손에 든 검을 가만히 바라봤다. 날이 시퍼렇게 서 있는 검. 이 검을 살아 있는 인간의 심장에 찔러 넣을 수 있을까? 그때의 느낌은 과연 어떤 느낌일까?

"후우……."

단지 상상을 하는 것뿐인데도 가슴이 답답할 만큼 숨이 막혀왔다. 검을 잡은 손에서는 땀이 흥건히 배어 나왔다.

"빌어먹을."

답은 의외로 빨리 나왔다. 단지 상상을 하는 것만으로도 이 지경인데, 실제 상황이 닥치면 어떨지 눈에 뻔히 보였다. 그리고 그제야 나는 한 가지를 깨달을 수 있었다.

이번 여행의 가장 큰 변수와 문제점은 시간도 이산도 주변의 환경도 아닌 바로 나라는 사실이었다.

적어도 살인이라는 것에 대해서 새롭게 각오를 다지지 않는다면, 이번 여행은 내게 최악의 여행이 될 것 같다는 불길한 생각이 들었다.

같은 시각.

한양(漢陽) 매화각.

밤이 되면, 온갖 부호들이 모이는 매화각은 한양을 대표하는 밤의 얼굴이었다.

임금님만 먹을 수 있다는 진귀한 음식과 술이 넘치고 전국 팔도에서 미와 재색으로 이름난 기녀들이 즐비했다.

항상 노래가 끊이지 않고 풍월이 울리는 이곳을 가리켜 혹자는 인세에 펼쳐진 무릉도원이라고 말하기도 했다.

진귀한 것들이 가득 있는 곳인 만큼 매화각의 모든 것은 가격이 무척 비쌌다.

방을 잡고 가볍게 술이라도 한 잔 하려고 하면 3냥을 지불해야 했으며, 제대로 상이라도 차리려고 하면 그 배에 가까운 액수를 지불해야 했다.

당연히 재색을 겸비한 기녀와 하룻밤이라도 지내려고 하면, 또 그에 준하는 가격을 치러야 했다.

노비 한 명의 가격이 5냥이었으니, 이는 엄청난 가격이 아닐 수 없었다.

하지만 본래 재물을 가진 자는 눈만 감았다가 떠도 그 재물이 홍수와 같이 불어난다고 했다.

조선, 그리고 한양에는 그러한 자가 많은지 매화각에는 항시 밤을 잊은 사람들의 웃음소리가 끊이지 않았다.

매화각의 별실.

탁!

한 눈에 보기에도 귀해 보이는 비단 옷을 입은 중년의 사내가 막 들어 올렸던 술잔을 내려놓으며 말했다.

"……실패했다고?"

맞은편에 엎드려 있던 사내가 눈치를 보다가 이내 자리에 앉아 있던 기녀들에게 눈짓으로 신호를 보냈다.

그러자 기녀들이 옷고름을 고치고는 자리에서 일어나 방을 벗어났다.

드르륵.

문이 닫히는 소리가 들리자 사내가 바닥에 이마가 닿을 듯 고개를 숙이며 말했다.

"대감, 살려주시옵소서."

"질문에 답부터 하게. 실패를 한 것인지 아닌 것인지."

"시, 실패했습니다."

"하……."

실패했다는 소리가 나오자 중년의 사내가 기가 막힌 듯 웃음을 흘렸다.

"자네 이 정후겸이 가장 싫어하는 말이 뭔지 아는가?"

"……."

"바로 실패라는 단어네. 실패라는 건 패배자들에게 어울리는 것이지. 그런데 이 정후겸이 지시한 일이 실패를 해? 그렇다는 것은 이 몸이 패배자라는 소리가 아닌가?"

"아, 아니옵니다. 이번 일은 아둔한 소인이 전적으로 잘못한 일이옵니다. 대감께서 패, 패배자라니요. 천부당만부당 하신 말씀이옵니다."

사내가 서둘러 고개를 들고 필사적으로 손을 내저었다. 그만큼 사내에게 있어 정후겸은 무서운 존재였다. 아니, 사내뿐만 아니라 정후겸을 아는 자는 대부분 그리 생각할 것이다.

본래 양인 출신이었던 정후겸은 영조의 서녀 화완옹주와 그녀의 상배 부군이었던 정치달의 양자로 입적하였다.

이후 음서로 관직에 올랐으며, 일찍부터 영특하고 언변에 능하여 외할아버지격인 영조의 총애를 받아 16세의 나이로 장원봉사(掌苑奉事)로 승진했다.

이어 홍문관 부교리와 사헌부 지평을 역임했는데, 화완옹주의 양자라는 배경으로 19세의 어린 나이에 당상관으로 진급하여 승정원 좌승지에 올랐으며, 이후 병조참판의 자리에까지 오른 당대 최고의 권력가였다.

간단히 말해서 그는 말 한마디로 하늘의 나는 새도 떨어트릴 만큼의 힘을 갖고 있었다.

"왕인아."

갑자기 부드러워진 정후겸의 목소리에 왕인이 잔뜩 긴장한 목소리로 대답했다.

"하, 하명하소서. 대감."

"네가 내 밑에서 일을 한 지 얼마나 됐느냐?"

"5년이옵니다."

"5년이라, 벌써 시간이 그리 되었구나. 저잣거리를 구르던 왈짜패가 이 한양을 주름잡는 큰 어르신이 됐으니 왕인이 너도 제법 나쁜 인생은 아니었다. 안 그러느냐?"

정후겸의 말대로 왕인은 제법 주먹 좀 쓴다는 한양의 왈짜패였다.

다만 유독 셈이 빠르고 눈치가 있었는데, 그것이 마음에 든 정후겸은 왕인에게 여러 가지 일을 맡기고는 했다.

대부분이 음지의 일이기는 했으나, 애초에 자신에게 선택이 없다는 것을 안 왕인은 정말 목숨 걸고 정후겸이 시킨 일들을 처리했다.

그렇게 몇 번의 성공을 거두니, 당연히 정후겸의 총애는 깊어졌고 왕인은 그 총애에 힘입어 자신의 세력을 늘렸다. 덕분에 이제는 어지간한 양반 못지않은 권력을 가졌고, 재물이라면 창고를 가득 채울 정도로 넘쳐났다.

하지만 왕인은 알고 있었다. 자신이 쌓아놓은 이 모든 것들은 정후겸이 입김 한 번 불면 모두 사라질 일장춘몽(一場春夢)에 불과했다.

'시발, 내가 어떻게 이 자리까지 올라 왔는데. 이대로는 안 된다.'

왕인은 필사적으로 머리를 굴렸다. 적어도 오늘 이 자리에서 정후겸의 결정을 미룰 만한 뭔가가 필요했다. 그러다 문득 왕인의 머릿속에 오늘 매화각을 찾기 전 수하가 보고했던 내용이 떠올랐다.

궁의 내관들을 감시하기 위해 붙여 두었던 수하로부터 들어온 보고였다.

"대감, 소인이 드릴 말……."

드르륵!

"하하! 대감, 이곳에 있었소이까?"

하지만 왕인의 말은 끝을 맺을 수 없었다. 닫혀 있던 문이 열리며 새로운 사내가 나타났기 때문이었다. 그 사내 역시 정후겸 못지않은 고급진 비단 옷을 입고 있었다.

왕인이 반사적으로 고개를 돌렸다가 사내의 얼굴을 확인하고는 속으로 신음을 삼켰다.

'저자는 좌의정인 홍인한이 아닌가?'

정후겸의 밑에서 이런저런 일을 하기 때문에 왕인은 어지간한 고관대작의 얼굴은 모두 꿰뚫고 있었다.

홍인한은 조선의 대표적 명문 가문인 풍산 홍씨 가문의 일원이었다.

뿐만 아니라 임금의 어머니인 혜경궁 홍씨의 친정 숙부

이기도 했다. 다시 말해서 홍인한 역시 정후겸과 마찬가지로 조선을 좌지우지할 수 있는 힘을 지닌 권력가라는 소리였다.

정후겸이 입가에 희미한 미소를 지으며 말했다.

"내 듣기로 대감께서는 어제도 이곳에 다녀갔다 들었는데. 또 오셨소이까? 그러다 몸이 축납니다."

"곳간의 재물은 넘치고 그렇다고 버릴 수 없으니 이곳에라도 와서 좀 써야하지 않겠습니까?"

"그것 참 대인(大人)이십니다. 허허."

"하하하!"

웃고 있는 두 사람을 보고 있자니 왕인은 기가 막혔다. 나라의 정승이란 사람이 재물이 넘쳐흘러 버릴 수 없어서 기루에 왔다니?

한양 저잣거리만 나가도 쉬이 거지들을 볼 수 있다. 그리 재물이 많으면 거지들에게 적선이라도 하면 될 것이 아닌가?

'젠장. 나란 놈도 쓰레기이지만, 네놈들은 나보다 더하구나.'

하지만 생각은 그저 생각일 뿐이다. 혹시라도 이런 생각을 입 밖에 내거나 가지고 있다는 것을 들키는 날에는 자신의 몸은 갈기갈기 찢겨 짐승의 먹이가 될 것이다.

"흠, 왕인아. 아무래도 우리 얘기는 다음에 해야 할 것 같구나. 내 오늘은 좌의정과 얘기를 좀 해야 할 것 같으니, 오늘은 이만 가보아라."

부드럽지만 뭔가 섬뜩함이 담긴 목소리였다. 순간 왕인의 머릿속에 온갖 생각들이 스쳐 지나갔다.

이대로 그냥 나가면 될까? 그냥 간다면, 과연 자신의 집으로 무사히 돌아갈 수 있을까? 그간 자신을 지금까지 살게 만들어준 직감이 그 어느 때보다 맹렬하게 아니라고 외치고 있었다.

질끈.

입술을 깨문 왕인이 바닥에 머리를 박았다.

쿵! 쿵!

"소인, 기필코 대감께서 기뻐하실 만한 소식을 준비해서 기다리도록 하겠습니다. 그러니 조금만, 아주 조금만 기다려주시옵소서."

"흐음."

고개를 돌렸던 정후겸이 다시 왕인을 지그시 쳐다봤다. 왕인의 이마에서 핏물이 흘러내리고 있었다. 그 모습에 정후겸이 피식 하고 웃음을 흘렸다.

"그래, 그간 네가 내 밑에서 해온 일들이 있으니 한 번의 기회를 더 줘도 되겠지. 알았다. 집에 가서 오늘은 술 한 잔 하고 편히 쉬어라. 내가 다시 찾을 때는 네 말대로 내가 기뻐할 만한 소식을 준비해놓고 말이다."

그 순간 왕인은 자신이 저승의 문턱에 발을 디뎠다가 다시 이승으로 돌아왔음을 깨달았다.

마지막 한마디를 하지 않고 그냥 물러났으면, 필히 정후겸은 자신을 죽였을 것이다.

5년의 세월? 50년이었어도 상관없다. 정후겸은 자신에게 도움이 되지 않는다면, 가차 없이 버리고도 남을 위인이었다.

"가, 감사합니다. 대감."

왕인이 재빨리 몸을 일으키고는 뒷걸음질로 조심스레 방을 벗어났다.

드르륵.

처음부터 끝가지 그 모습을 물끄러미 지켜보던 홍인한이 입가에 웃음을 짓고는 정후겸을 쳐다봤다.

"이제 보니 대인은 내가 아니라 대감인 것 같소이다. 저리 훌륭한 종복을 거느리고 있으니까 말이오."

"허허, 쓸데없는 소리는 그만하시고 이리 와서 앉으시지요. 내 대감께 술 한 잔 올리리다."

홍인한이 자리를 잡고 앉자 정후겸이 술을 따라 주고는 이내 자신의 잔을 채웠다.

"그래, 이리 오신 것을 보니 하실 말씀이 있으신 것 같은데. 어쩐 일이십니까?"

"궁에서 소식을 들었습니다."

"······."

"누군가 전하가 드는 수라에 독을 탔다고 하더이다. 쯧 쯧. 전하께서도 참. 즉위를 하시자마자 그런 일을 겪으시다 니, 얼마나 크게 놀라셨겠습니까?"

"······이런, 그런 일이 있었습니까? 대감 말씀대로 전하 께서 많이 놀라셨겠습니다."

홍인한이 무표정한 얼굴로 정후겸을 쳐다봤다. 정후겸은 태연한 얼굴로 그런 그의 시선을 응시했다. 그러기를 얼마 나 지났을까?

홍인한과 정후겸이 동시에 웃음을 터트렸다.

"하하하!"

"허허!"

두 사람은 누가 먼저라고 할 것 없이 자신의 앞에 놓인 술잔을 들어 단숨에 들이켰다.

"전하께서 하신 말씀을 대감께서도 들으셨을 것이오."

"본인께서 사도사제의 아들임을 말씀하신 것 말이오?"

홍인한이 고개를 끄덕였다.

"분명 차후 그 일과 관련된 자들을 가만두지 않을 것이 분명하오. 어쩌면 연산군 때의 일이 다시 벌어질 수도 있는 노릇이오."

"연산군이라."

연산군과 작금의 임금은 분명 닮은 점이 있었다. 그 말은 폐비 윤씨와 관련되어서 연산군이 저질렀던 일들이 다시 벌어질 수도 있다는 소리였다.

"더욱이 대감과 나는 전하가 세손 시절이었을 때부터 대리청정을 오죽 반대했습니까?"

"그렇긴 하지요."

정후겸과 홍인한은 지금의 임금이 세손, 그러니까 작고 한 영조가 세손을 통해 대리청정을 하고자 하는 것을 방해하고자 온갖 음해와 모략을 저질렀다.

동궁에 사람을 심는 것은 물론 막대한 재물을 동원해서 궁에 유언비어를 퍼트리기도 했다.

하지만 그런 노력과는 상관없이 결국 세손은 왕위에 올랐다. 지금에야 즉위를 한 지 얼마 지나지 않아 상관없지만, 곧 자리가 안정되면 지금까지 갈아왔던 날카로운 칼을 뽑아들 게 분명했다.

적어도 홍인한과 정후겸. 두 사람은 사람이 은혜는 잊어도 원한은 절대 잊지 않는다고 생각하는 부류였다.

"우리에게는 시간이 별로 없습니다."

"그렇다고 해서 섣불리 움직일 수도 없지요."

"그래도 지금은 움직여야 할 때입니다."

빈 허공에서 다시 두 사람의 눈빛이 마주쳤다. 이미 몇 번이고 손발을 맞춰왔던 두 사람이었다. 많은 얘기를 하지 않아도 서로 눈빛만 봐도 대충 무엇을 얘기하고자 하는지 알 수 있었다.

하지만 오늘 만큼은 직접 생각하는 것을 말로 꺼내야 한다고 두 사람은 생각했다.

"임금을 죽여야 합니다."

먼저 얘기를 꺼낸 사람은 바로 홍인한이었다. 그리고 이어서 정후겸 역시 고개를 끄덕이며 말했다.

"아니면 우리가 죽겠지요."

"혼자 죽는 것은 상관없으나 가문까지 풍비박산을 내실 게요."

"하지만 마땅한 방도가 없는 것도 사실 아니오? 이미 세손 시절부터 그 숱한 위기를 겪어 왔소이다. 왕이 되었다고 한들 방심을 하겠소? 오히려 함정을 파고 우리를 잡으려고 할지도 모르오."

"그러게 왜 오늘 같은 짓을 저지르셔서. 쯧, 경계심만 높아졌을 게 아닙니까? 뭐, 내 사람을 통해 알아보니 다행히 꼬리 잡힐 일은 없을 것 같습니다."

"크흠."

정후겸이 헛기침을 내뱉고는 빈 잔에 술을 채웠다. 그 모습에 홍인한 또한 자신의 잔을 채우고는 말을 이어갔다.

"아무튼 남은 시간이 별로 없으니, 함께 일을 진행할 동지들을 모아야겠소. 우리 말고도 불안에 떨고 있는 자들이 많이 있을 테니 말이오."

홍인한의 제안에 정후겸이 고개를 저었다.

"늑대를 아무리 모은다 한들 사자를 잡을 순 없소이다. 잘 알고 있지 않습니까?"

"맞는 말입니다. 하지만 사자가 상처를 입었다면, 가능하지 않겠습니까?"

"상처라……."

같은 말을 되뇌던 정후겸이 불현듯 뭐가 떠올랐는지 손바닥으로 가볍게 상을 내리쳤다.

탁!

"그러고 보니 그 생각을 못했소이다. 암! 꼭 죽일 필요는 없지요. 사자를 상처 입혀 놓는다면, 우리가 아니더라도 그 사자의 목을 물어뜯을 이들이 지천이니 말입니다."

"하하! 바로 그겁니다. 그래서 내 이번 일에 딱 맞는 적임자를 하나 찾아 왔습니다."

"적임자요?"

"네, 제법 훌륭한 칼이 되어줄 수 있는 사람이지요."

"훌륭한 칼이라. 이거 어떤 칼인지 벌서 궁금합니다."

홍인한이 입가 만면에 큰 웃음을 짓고는 문밖을 향해 목소리를 높였다.

"들어오게나."

드르륵.

닫혀 있던 문이 열리면서 사내 한 명이 방안으로 들어왔다.

사내의 얼굴을 확인한 정후겸이 깜짝 놀란 표정을 지었다.

"저자는?"

"이런, 대감의 반응을 보니 이미 누구인지 아시는 것 같습니다."

홍인한이 살짝 안타깝다는 표정으로 물었다. 정후겸이 고개를 끄덕였다.

"내 기억이 틀리지 않는다면, 저 자의 할아버지는 홍계희 대감 아니오?"

홍계희는 도쿠가와 이에시게의 쇼군 취임을 축하하는 통신사로 차정되어 일본에 다녀왔던 인물이다.

이후 조정의 주요 관직을 두루 거쳤는데, 충청도관찰사 당시 그 능력을 인정받아 병조판서가 되었으며, 이후에도 여러 관직을 거치며 조정의 실권을 장악했다.

"맞습니다. 이미 돌아가신 홍계희 대감의 손자이지요. 그리고 대감께서도 알겠지만 홍계희 대감은……."

"사도세자."

정후겸이 한 마디로 내용을 압축했다. 홍계희는 노론에 속한 인물이다.

그리고 사조세자의 난행을 과장하여 영조에게 보고 해서 결국 뒤주 속에서 죽음으로 몰고 간 이들이 바로 노론이었다.

다시 말해서 홍계희의 가문은 왕위에 오른 지금의 임금에게 있어 원수의 가문이나 다름없었다.

"자, 그리 서 있지 말고 대감께 인사 올리게."

홍인한이 손짓을 하자 방안으로 걸어 들어온 사내가 공손한 자세로 고개를 숙였다.

"소신 존경하는 대감들께 인사 올립니다. 홍상범이라고 합니다."

Chapter 59. 버려야 하는 것

꼬끼오!

어디선가 닭이 우는 소리가 들리더니, 서서히 동이 트기 시작했다. 그리고 그 시점으로 나는 감았던 눈을 천천히 떴다.

"……설마 명상을 통해서 동기화를 향상시킬 수 있을 줄은 몰랐는데."

의외의 발견이었다. 단지 앞으로의 일을 정리하기 위해 시작한 명상이었는데, 명상의 시간이 길어지면 길어질수록 동기화도 꾸준하게 향상되었다. 덕분에 아침이 된 현재 동기화는 무려 31%나 되었다.

"다행이 꽤 도움이 될 만한 기억들도 떠올랐고 말이야."

예를 들면 이산이 익힌 무예 같은 것 말이다. 누워 있던 침상의 한쪽 면을 손으로 더듬거리자 이내 딸칵 거리는 소리가 들려왔다.

동시에 침상의 발을 두는 부분이 비스듬히 열리더니 그곳에서 활과 화살의 모습이 보였다.

"이런 비밀 장치를 해놨을 줄은 상상도 못했네."

방안에 검이 있기에 그게 전부 인줄 알았다. 하지만 동기화가 높아지고 기억이 선명해질수록 이산이 자신 있는 무예가 검이 아닌 활임을 알게 되었다.

여기에 동기화가 더 높아지자 방안에 비밀 장치가 있음이 떠올랐다.

이산은 그곳에 만약의 상황을 대비해서 자신이 가장 자신 있는 무기인 활을 두었던 것이다.

물론 이 활은 혹시 모를 암습을 대비하기 위해서 준비한 것만은 아니었다. 활에는 이산 나름대로 또 다른 의미가 깃들어 있었다.

"아버지가 쓰던 활이라······."

활의 원래 주인은 이산이 아니라 그의 아버지인 사도세자 이선의 것이었다. 물론 이런 사실을 아는 것은 오직 이산뿐이었다.

[나중에 네가 자라면 이 아비와 같이 함께 사냥을 가자꾸나. 이 활은 그때를 대비해서 미리 주는 것이니 시간이 날 때마다 자주 연습 해두려무나.]

이산이 지닌 기억의 밑바닥에서 이선이 활을 주던 날 했던 말이 떠올랐다.

동시에 가슴 한편에서 아릿한 통증이 밀려 왔다. 그리움이라 불리는 통증이었다.

"전하, 기침하셨사옵니까?"

통증에서 벗어 날 무렵. 밖에서 목소리가 들려왔다. 왕의 하루를 알리는 목소리였다.

"일어났네."

대답을 하자 문이 열리며 궁녀와 내관들이 들어왔다. 그들은 익숙한 듯 방의 매화틀을 내가고 세숫물을 가져왔다.

자리에 앉아 손을 내밀자 세숫물이 담긴 대야의 물에 수건을 적신 궁녀들이 손을 닦았다.

손을 닦고 난 뒤 궁녀들이 다시 물에 적신 수건을 내밀었다. 이번에는 그것으로 직접 얼굴을 닦았다.

'세수를 꼭 이렇게 해야 하나.'

답답하긴 했지만, 이산의 기억에 따르면 이 또한 왕의 일상이었다. 왕은 꼭 필요한 것 이외에는 행동을 하지 않았다.

"의관을 준비하겠나이다."

"됐다."

됐다는 소리에 상침 상궁이 당황한 표정으로 나를 쳐다본다.

하지만 애초에 나는 일주일 동안 왕의 업무를 볼 생각이 없었다. 따라서 거추장한 의관은 오히려 불편하기만 할 뿐이었다.

"몸이 좋지 않아 쉴 것이니 자네들은 모두 나가보게."

"하, 하오나……."

"나가라는 말이 들리지 않는가?"

내가 짐짓 화난 표정을 짓자 화들짝 놀란 상궁과 내관들이 재빨리 뒷걸음질로 방을 빠져 나갔다.

"최대한 쓸데없는 짓은 자제한다. 무조건 안전, 안전으로 간다."

지난 하루 동안 고민 끝에 나온 결정이었다. 마음과 같아서는 왕의 삶을 제대로 누려보고 싶기도 했다.

무려 일인지하만인지상(一人之下萬人之上)의 삶이다. 다시 태어나고 또 다시 태어난다고 해도 누려볼 수 없는 삶이 바로 왕의 삶이었다.

하지만 그런 욕망을 실현하기에는 위험 부담이 너무 크다는 게 문제였다.

이 때문에 나는 지금까지 여행과는 달리 이번 여행에서

만큼은 최대한 아무것도 하지 않기로 결정을 했다.

시계를 거꾸로 달아도 시간은 간다. 다시 말해서 내가 아무것도 하지 않고 있어도 시간은 흐르고 일주일이 되면, 이번에 부여받은 임무는 종료된다.

그 뒤의 일은 앞서도 말했지만 몸의 본래 주인인 이산이 해결할 일이다. 또한 내가 개입을 하지 않는 이상 괜히 역사가 비틀릴 일도 생기지 않을 것이다.

"그저 맛있는 것이나 먹고 잠이나 자면서 놀면 되는 거지. 지루하면, 장악원의 여악을 불러 음악을 들어도 되고. 또 검동으로 삼은 수향의 무예를 봐도 되겠지. 동기화는 명상을 통해서 올려도 되고 말이야. 어찌됐든 대낮에 왕을 암살하려 하지는 않을 것이고 조심해야 될 시간은 결국 밤이라는 건데."

어느 정도의 계산은 끝났다. 아무리 배짱이 큰 놈들이라고 해도 해가 버젓이 떠 있는 대낮에 왕을 죽이려고 하지는 못할 것이다.

낮에는 다수의 내관과 궁녀, 그리고 내금위들이 임금의 곁에서 호위를 하고 있다.

결국 중요한 것은 밤인데, 어제 하루를 보냈으니 이제 남은 것은 여섯 번의 밤이었다.

"여차하면 그것들을 사용해도 되고 말이야."

시선을 내려 타임 포켓을 쳐다봤다. 타임 포켓에는 정산의 방에서 새롭게 구매한 두 가지 물건이 잠들어 있었다.

〈급속 치료 알약〉

종류: 소모성

횟수: 0/1

설명: 30초에 걸쳐 자신의 외상과 내상을 빠르게 치료합니다. 단, 잘려진 신체 부위는 재생되지 않습니다.

사용 방법: 적당한 물과 함께 알약을 섭취합니다.

주의 사항: 해당 상품은 소모성으로, 횟수를 모두 사용하면, 자동 소멸 됩니다. 이미 목숨이 끊어진 상태에서는 해당 제품의 효과가 발동되지 않습니다.

TP: 800

〈강림의 비약〉

종류: 소모성

횟수: 0/1

설명: 1분 동안 정착자의 신체 능력에 여행자의 능력을 추가 부여합니다. 여행자가 지닌 모든 스킬을 사용할 수 있습니다.

사용 방법: 적당한 물과 함께 알약을 섭취합니다.

주의 사항: 해당 상품은 소모성으로 횟수를 모두 사용하면, 자동 소멸 됩니다. 해당 비약은 중복 효과가 적용 되지

않습니다.

　TP: 800

　그럴 일은 없겠지만, 만약의 사태가 오면 두 가지 물건을 사용하면 된다.

　급속 치료 알약을 사용하면, 치명상을 입는다고 해도 한 번은 목숨을 구할 수 있을 것이다.

　강림의 비약을 사용한다면, 비록 1분이라는 시간 제약이 있기는 하지만 본래 내가 가진 능력과 이산의 능력을 합해서 초월적인 힘을 사용하는 것이 가능했다.

　"설마 이 시대에 내공이나 기를 다루는 사람이 있는 건 아니겠지?"

　그럴 일은 없다고 생각하지만, 그래도 조금은 불안한 마음이 드는 것은 어쩔 수 없었다.

　소설속의 등장하는 기에 대한 것이 십분의 일이라도 진실일 경우 내가 전날 생각했던 모든 상황을 전면 수정해야 한다.

　"음, 찝찝함을 가지고 있는 것보다는 아무래도 확인을 한 번 하고 넘어가는 게 좋겠네. 수향을 불러 물어도 좋겠지만, 그래도 궁의 제일 고수에게 가서 묻는 게 확실하겠지?"

　궁의 제일 고수가 누구인지는 굳이 다른 사람에게 물어

볼 필요도 없었다.

임금을 지키는 내금위. 그리고 그 내금위를 통솔하는 자리에 있는 사람. 궁의 제일 고수는 바로 정3품의 내금위장이었다.

이산의 할아버지. 그러니까 영조는 살아생전 용호영(龍虎營)을 창설했다.

용호영이란 숙종대의 금위영(禁衛營)을 개칭한 것으로 내금위(內禁衛), 겸사복(兼司僕), 우림위(羽林衛)로 이루어져 있었다.

우림위는 성종 때 처음으로 창설되었는데, 구성원은 서자와 그 자손인 서얼 출신만으로 편성되었다. 이들의 주된 임무는 왕의 호위와 궁궐의 수비였다.

겸사복은 조선시대 정예 기병 중심의 친위군으로 이를 처음 만든 것은 왕자의 난으로도 유명한 태종 이방원이었다.

이들이 주된 임무 또한 왕의 신변보호와 왕궁 호위, 친병의 양성 등이었다.

마지막으로 내금위 역시 태종 이방원이 만들었다. 이들의 임무 역시 궁궐의 수비와 임금의 신변 보호를 담당했는데, 흔히 세종의 호위무사로 잘 알려진 조선제일검 무휼(無恤)이 바로 이 내금위를 총괄하는 내금위장이었다.

경복궁(景福宮) 근정전(勤政殿).

"전하, 지금 소신에게 기를 다룰 수 있느냐고 물으셨습니까?"

다소 황당한 표정으로 되묻는 내금위장 조심태를 향해 나는 고개를 끄덕였다. 그리고는 조금 전의 질문을 다시 던졌다.

"내금위장은 기를 다룰 수 있는가?"

"……답부터 해야 한다고 하면, 다룰 수 있사옵니다."

기를 다룰 수 있다는 조심태의 대답에 난 눈을 크게 뜨고 그의 몸을 살폈다.

'이 자의 말은 진짜다.'

진실과 거짓을 사용하지 않아도 알 수 있다. 조심태는 지금까지 내가 봤던 그 누구도 강한 기운을 가지고 있는 사내였다.

물론 나는 첫 번째 여행에서 성웅(聖雄) 이순신을 직접 본 적이 있다.

하지만 당시 이순신이 얼마만큼의 기운을 가졌는지 판단을 하기에는 내가 너무 보잘 것이 없었다. 그저 이순신의 그 압도적인 위엄에 숨이 막힐 뿐이었다.

옛말에 아는 만큼 보인다는 말이 있다. 지금 내가 조심태의 기운을 느낄 수 있는 건 이산의 몸이 어느 정도 경지에 올랐기 때문에 가능한 일이었다.

"그럼, 자네 혹시 그 검기(劍氣)라는 것도 만들 수 있는가?"

검기는 무협지. 기를 다루는 무인을 다루는 이야기 속에 빠지지 않고 등장하는 소제였다.

"크흠."

질문을 받은 조심태가 터져 나오려는 웃음을 억지로 참고자 헛기침을 내뱉었다. 그리고는 이내 목소리를 가다듬고 말을 이었다.

"전하, 그런 것은 모두 얘기꾼들이 지어낸 가짜이옵니다."

"가짜?"

"그렇사옵니다. 소신 기를 다룰 수 있는 것은 맞사오나 이는 순간적으로 정신을 집중해서 짧게나마 큰 힘을 쓸 수 있는 것이지, 얘기꾼들이 말하는 그런 것과는 다르옵니다. 애초에 땅을 가르고 산을 부수는 그런 무예 따위는 존재하지 않사옵니다."

"으음."

"신이 시범을 보여도 되겠습니까?"

"그렇게 하게."

허락을 받은 조심태가 뒤쪽에서 대기하고 있던 내금위를 불렀다.

"장선!"

"네, 영감."

"아래로 내려가 검을 뽑고 서 있게."

조심태의 명령에 내금위 한 명이 곧장 근정전의 계단을 비호처럼 내려와서 검을 뽑았다.

스르릉.

따스한 햇살을 받은 검은 시퍼런 예기를 뿜어냈다. 이어서 조심태가 고개를 숙여 내게 예를 갖췄다. 그리고는 곧장 조금 전의 내금위와 마찬가지로 돌계단을 내려갔다.

"지금부터 제가 전하께 보이는 것은 그저 평범한 일격이옵니다."

숨을 가볍게 들이마신 조심태가 허리춤에 매여 있던 검을 번개 같이 뽑았다.

그리고 잠시 호흡을 고르더니 곧장 내금위가 들고 있던 검을 내리쳤다.

챙!

쇠와 쇠가 붙이는 소리가 근정전에 울려 퍼졌다. 조심태의 검을 받은 내금위는 조금 전의 공격으로 한 걸음 정도 뒤로 물러나 있었다.

"다음 공격은 전하께서 제가 물으신 기를 다룬 공격이옵니다."

말을 끝맺기 무섭게 조심태의 호흡이 낮게 가라앉았다.

'이번 공격은 진짜다.'

조심태의 몸에서 일어난 성난 기운이 내 피부를 떨게 만들었다. 동시에 그는 들판의 토끼를 낚아채는 매처럼 단숨에 검을 휘둘렀다.

채앵–!

차아악!

"크윽."

전과는 비교할 수도 없는 둔탁한 소리. 검을 받은 내금위는 무려 다섯 걸음이나 물러나 있었다.

뿐만 아니라 검을 잡은 손은 사시나무 떨듯 떨리고 있었다. 처음 검을 받은 것과는 극명한 차이였다.

"그간 열심히 수련했구나."

"가, 감사합니다. 영감."

가볍게 자신의 검을 받은 내금위의 어깨를 두드려준 조심태가 검을 거두고는 다시 돌계단 위로 올라왔다. 그런 그를 향해 내가 물었다.

"방금 전의 공격이 기를 담은 공격이란 건가?"

"그렇습니다. 앞서 두 번의 공격 모두 저는 같은 힘을 사용했습니다. 하지만 상대는 분명 제 검에서 배나 되는 힘을 느꼈을 겁니다."

"기를 썼기 때문에 그렇다?"

"그렇사옵니다. 하지만 이는 실전에서는 쉽게 사용할 만한 것이 되지 못합니다. 고도의 집중력을 요구하는 이유도 있지만 무엇보다……."

"체력이 많이 소모되는 군."

고작 두 합이었다. 그런데도 불구하고 조심태의 이마에
는 땀방울이 송골송골 맺혀 있었다.

방금 전의 공격이 위력적이기는 했으나 그만큼 많은 체
력을 소비한다는 증거였다. 조심태가 숨을 몇 번 고르고는
말을 이었다.

"전하의 말씀대로이옵니다. 한 명의 적을 상대하는 것이
라면 몰라도 다수의 적을 상대로는 효과적이지 못한 방법
이지요. 특히 상대가 내금위 정도의 실력이라면, 말할 것도
없습니다."

조심태의 대답에서는 은연중 내금위에 대한 자부심이 드
러나고 있었다.

하지만 그런 것과 상관없이 결과적으로 내가 궁금한 것
은 처음부터 하나였다.

"그렇다는 것은 결국 기를 이용해서 빠르게 움직이거나
아까 말한 검기와 같은 것을 사용하는 것은 불가능하겠
군?"

"확답은 할 수 없사옵니다. 하지만 설령 그런 자가 있다
고 해도 저와 수백의 내금위를 넘어서 전하께 해를 끼치는
일은 결코 없을 겁니다."

궁에서 머무는 자들 중에서 이산이 세손 시절부터 암살
의 위협에 시달렸다는 것은 모르는 사람은 없었다.

조심태 역시 그 사실을 알기 때문에 지금과 같이 말한

것이다. 어찌됐든 그의 말을 들으니 조금은 안심이 되었다.

'내금위장이라면, 조선제일검은 아니어도 열 손가락 안에 드는 실력자일 것이다. 그런 그가 조금 전의 실력이라면, 적어도 누군가 암습을 할지라도 아무것도 하지 못하고 당하는 일은 없을 것이다.'

혹시라도 조심태가 소설처럼 검기를 뿜어내거나 그에 준하는 모습을 보였다면, 일주일간 생존을 위한 내 계획은 전면 수정이 필요하다.

적어도 그런 미증유의 힘은 지금까지 내가 한 번도 겪어보지 못한 것이기 때문이었다.

하지만 지금 상황을 보건데 그런 걱정은 한시름 놔도 될 것 같았다.

순간적으로 정신을 집중해서 강한 힘을 낼 수는 있어도 그것을 지속하기에는 어려웠기 때문이었다.

"내금위장, 설명 고마웠네. 상선, 이제 강녕전으로 돌아가지."

"예, 전하."

궁금증이 풀린 이상 굳이 이곳에 더 머물 이유는 없었다.

'배도 슬슬 고프고 말이야.'

걱정거리를 하나 덜었기 때문일까? 배에서 꼬르륵 거리는 소리가 들리는 것 같았다.

그렇게 궁녀와 내관들을 데리고 강녕전을 얼마나 걸었을
까?

강녕전으로 향하는 돌다리 아래서 재잘거리며 떠드는 소
리가 들려왔다.

"어머, 세상에 이런 동경(銅鏡)은 대체 어떻게 구한 거
야? 곱기도 하고 이렇게 깨끗하게 내 얼굴이 잘 보이다니."

"이번에 궁 밖으로 잠깐 나갔을 때 잘 아는 봇짐장수한
테 산거야. 봇짐장수 말로는 한양 저잣거리에서 주웠다고
하는데. 어때 부럽지?"

"그래, 부럽다. 그보다 여기 뒤에 적혀 있는 건 뭐니?"

"그 사람 말로는 행운의 주문이라고 하던데, 예쁘면 됐
지. 그런 게 뭐가 중요하겠니?"

멈칫.

내가 걸음을 멈춰 세우자 따르던 상선 인우가 조심스레
물었다.

"전하, 왜 그러시옵니까?"

"……."

"전하?"

상선 인우의 목소리가 내 귓전을 흔들었지만, 그보다 내
시선은 한 곳에 집중 되어서 움직일 줄 몰랐다.

"어째서……."

"예?"

저벅저벅.

걸음을 움직였다. 목표는 대화를 나누고 있던 궁녀들이
었다.

"잠시 그것을 볼 수 있겠느냐?"

동경(銅鏡)에 정신이 팔렸기 때문일까? 뒤늦게 내 접근
을 확인한 궁녀의 시선이 뒤로 향했다.

동시에 그녀들이 경악 어린 표정을 짓더니 뼈가 부서져
라 소리가 나도록 무릎을 꿇었다.

쿵!

귓가에 들리는 소리를 보니, 무릎이 부서지지는 않았을
까 걱정이 될 정도였다.

"저, 전하!"

궁녀의 입에서 사시나무 떨듯 겁먹은 목소리가 흘러나왔
다. 하지만 미안하게도 내 신경을 잡은 것은 그녀의 손에
들린 동경이었다.

"그것을 잠깐 볼 수 있겠느냐?"

"네?"

"무엄하다! 전하께서 말씀중이시거늘 반문을 하는 것이
냐!"

"소, 소녀 그런 것이 아니오라……."

동경을 들고 무릎을 꿇었던 궁녀의 어깨가 더욱 움츠려
들었다.

"상선은 괜찮으니, 물러나게."

"하오나 전하……."

"물러나라 하였다!"

단호한 한마디에 찔끔한 상선이 곧장 뒤로 물러섰다. 지금은 상선과 쓸데없는 궁의 예법을 가지고 싸우고 싶은 마음이 추호도 없었다. 난 최대한 부드러운 표정을 짓고는 궁녀를 향해 말했다.

"너를 혼내고자 하는 것이 아니다. 단지 그 손에 든 것이 무엇인지 확인하고자 하는 것이다. 잠시 볼 수 있겠느냐?"

"여, 여기 있사옵니다."

궁녀가 손에 들고 있던 동경을 조심스레 내밀었다. 그것을 받아드는 순간 내 입에서는 그간 고여 있던 침이 절로 목젖을 타고 넘어갔다.

꿀꺽.

"……나 말고 다른 사람이 있는 건가? 아니면 다녀갔단 말인가?"

"예?"

"아니, 아무것도 아니다."

궁녀가 내민 동경. 그것은 조선 시대에서는 흔히 볼 수 없는 외관을 지닌 물건이었다. 물론 조선 시대에 거울이 없었다는 것은 아니다.

비록 대부분 명나라를 통해 수입을 하기는 했지만, 현대와 비슷한 수준의 거울은 있었다. 그것이 지금처럼 궁녀가 건넨 작은 손거울일지라도 말이다.

하지만 지금 시대에 절대 있어서는 안 되는 글귀가 손거울의 뒤편에 적혀 있었다.

[Made in China]

거울의 뒷면에 선명하게 적혀 있는 문구. 그것은 현대에 이르러서 생긴 물건의 생산지를 표시였다.

Chapter 60. 누구인가?

강녕전으로 돌아와서 곧장 생각에 잠겼다. 본래 예정 되어 있던 식사 또한 안으로 들이지 말라고 명을 내렸다.

"이걸 어떻게 생각해야 하지?"

손 안에 들고 있는 거울. 몇 번이고 다시 봐도 그 뒷면에는 Made in China라는 문구가 새겨져 있다.

조선 시대에는 확실히 존재할 수 없는 물건이었다. 그런데 이렇게 존재하고 있다. 그렇다면, 추측할 수 있는 답은 두 가지였다.

"여행자가 와서 흘리고 간 물건이거나 혹은 현재 나 말고 다른 여행자가 있다는 소리다."

첫 번째 여행에 대한 기억이 떠올랐다. 이순신의 아들이자 잊을 수 없는 그 이름.

"이회."

그는 이순신의 아들이었지만, 그 당시에는 나와 같은 여행자가 몸에 깃들어 있었다.

또한 그는 내게 도움이 되는 이런저런 말을 해주었다. 그뿐이던가?

네 번째 여행. 테스크포스의 제임스이던 순간에도 이회와 같은 여행자가 존재했다.

"케이트."

날 초짜라고 무시하면서도 걱정해주었던 여행자였다. 그녀는 내게 역사를 바꿈에 따라 치러야 하는 대가에 대해서 알려줬다.

이처럼 같은 시간 공간에는 나뿐만 아니라 다른 여행자가 존재하고 있었다. 더욱이 그들은 나와는 다른 임무를 수행하고 있었다.

다시 말해서 지금 이 시점에서 나와는 다른 임무를 가지고 이곳으로 온 여행자가 있을 수도 있다는 얘기였다. 그리고 그게 진짜라면, 어떨까?

생각이 여기까지 미치자 누군가 머리에 찬물을 끼얹듯 몸이 차갑게 식었다.

"만약……."

그저 한 마디를 내뱉으려고 하는데도 목이 막혔다. 하지만 입 밖으로 막힌 목소리를 꺼내고 싶었다.

"그 여행자의 임무가 나랑 반대라면 어떻게 되는 거지?"

내 임무는 일주일 동안 생존이다. 지금 시점으로 남은 시간은 6일. 이산의 몸으로 남은 시간 동안 생존을 하면 임무는 완수다.

그런데 만약 또 다른 여행자가 있고 그자의 임무가 이산의 암살이라면 어떻게 될까? 그런 일이 없을 것이라고 어찌 장담할 수 있겠는가?

여행에서는 그 어떤 것도 장담할 수 없다. 그렇기 때문에 벌어질 수 있다.

"같은 여행자와의 싸움."

나는 지금까지 전혀 생각지도 못한 싸움을 준비하고 해야 할 것이다.

"후우. 일단 진정하자."

단지 생각하는 것만으로도 감정이 격해졌다. 심호흡을 하며 두근거리는 심장을 진정시켰다. 어찌됐든 지금 흥분을 해서 좋을 것은 없다.

머리는 냉정하게 가슴은 차갑게. 그리고 객관적인 시선으로 현재의 상황을 생각해야 한다.

"이 거울로 추측할 수 있는 것은 우선 세 가지. 첫째, 여행자가 이곳에 존재하거나 다녀갔다는 것. 둘째, 그 여행자

의 수준은 적어도 2레벨 이상이라는 사실. 셋째, 그 여행자
는 타임 포켓을 지니고 있다는 것 정도인가?"

〈타임 포켓〉
내구도: 100/100
설명: 여행을 떠나는 여행자에게 꼭 필요한 상품입니다.
현세와 여행한 곳의 물건을 포켓에 담아 자유롭게 가지고
다닐 수 있습니다.
　물건을 포켓에 담을 때는 그 가치만큼 1회에 한해서 TP
를 소모합니다. 단, 정산의 방에서 구매한 물건은 TP가 소
모되지 않습니다.
　주의 사항: 해당 물건은 여행자를 제외하고는 보이지 않
는 상품입니다. 포켓이 파손되면 안에 담긴 물건 역시 망가
질 수 있습니다.
TP : 4,000

　적어도 내가 지닌 지식의 한도. 그 범위 내에서 현세의
물건을 여행지로 가져올 수 있는 힘을 지닌 아이템은 타임
포켓이 유일했다.
　"……그런데 그 여행자는 어쩌다가 거울을 이곳에 흘린
거지? 아니, 처음부터 왜 굳이 거울을 TP를 소모해서까지
포켓에 넣어가지고 온 거야? 어차피 이곳에서 자기 자신의

얼굴을 확인할 수 있는 것도 아닌데."

여행이 시작 되는 순간 나는 내가 아닌 전혀 다른 사람이
된다.

다시 말해서 본인의 얼굴을 확인하는 용도인 거울을 챙
겨야 할 이유가 현저히 줄어들게 되는 것이다.

또한, 아주 과거의 시대가 아니라면 거울 정도는 그리 어
렵지 않게 구할 수가 있다.

만약 구하는 게 어렵다고 해도 물과 같이 본인 얼굴의 상
태를 확인할 수 있는 방법은 얼마든지 있었다. 굳이 TP를
소모하면서까지 거울을 타임 포켓에 담을 이유가 없는 것
이다.

"으음, 생각을 하면 할수록 확실히 이상하긴 한데."

잠시 고민을 하다가 이내 고개를 흔들었다. 더 생각을 한
다고 해서 답을 알 수 있을 것 같지는 않았다. 그러기에는
현재 내가 지닌 정보가 너무 부족했다.

"거울은 돌려줘야겠다."

좀 전의 거울을 지니고 있던 궁녀의 얼굴이 떠올랐다. 거
울을 받아 오면서 상선 인우에게 적당한 보상을 해주라고
했지만, 그래도 내심 마음이 찜찜했다.

동무에게 자랑하던 궁녀의 얼굴이 너무나도 해맑았기 때
문이었다.

"물론 주기 전에 이 케이스는 제거해야지."

거울은 나름 의미가 있던 것인지 혹은 파손의 위험 때문인지 몰라도 케이스가 존재했다.

Made in China라는 문구 역시 바로 그 케이스에 새겨져 있던 것이다.

이 케이스가 수백 년 뒤의 미래까지 보존되리라 확신할 수는 없지만, 한 치 앞도 알기 힘든 게 바로 세상일이었다.

혹시라도 수백 년 뒤에 유물 발굴 현장에서 이 문구가 적힌 케이스가 나온다면 어떨까?

[조선 시대 무덤으로 추정되는 묘지에서 현대의 것으로 보이는 거울 발견!]

[케이스에 적힌 Made in China라는 문구의 진위는?]

[업계 관계자들 탄소연대 측정법으로 확인 결과 최소 수백 년 전의 물건이라고 밝혀 충격!]

[중국의 학자. 조선은 자신들의 식민지였다고 밝혀 논란 예상!]

대번에 학계는 발칵 뒤집히고 사람들은 혼란에 빠질 게 분명했다.

그리 될 것을 알고 있는데, 굳이 문제가 될 소지가 있는 이것을 지금 시대에 그대로 남길 필요는 없었다.

스윽.

거울의 뒷면의 케이스를 힘을 주어 돌렸다. 그러자 핑크빛 케이스가 딸칵이란 소리를 내며 떨어져 나왔다.

케이스가 떨어진 거울의 뒷면은 수수하다 못해 아무런 문양도 없었다.

특이점이라면 단추처럼 톡 튀어나온 홈 하나가 있다는 사실 뿐이었다.

"흠, 되게 평범하네. 그래서 이런 케이스를 끼워놨던 건가? 근데 이 홈은 뭐지?"

별다른 생각 없이 케이스가 벗겨진 거울의 홈을 손끝으로 만지작거리던 순간이었다.

딸칵!

그저 손가락을 살짝 긁었을 뿐인데, 거짓말처럼 홈이 쑥 들어갔다.

[수습 마녀의 예언자 거울이 불길한 미래를 감지했습니다.]
[현재 남은 사용 횟수는 4/15입니다. 사용 횟수 1을 소모해서 내용을 확인하시겠습니까?]

"……!"

전혀 생각지도 못했던 소리가 귓가에 들리는 것도 잠시였다. 눈앞에 정산의 방에서 보던 익숙한 홀로그램 창이 나타났다.

〈수습 마녀의 예언자 거울〉

내구도: 43/100

등급: 여행자의 레벨이 낮아 확인할 수 없습니다.

설명: 하루하루 미래가 불안한 여행자에게 적극 추천하는 상품입니다. 본인이 설정한 키워드에 해당 되는 미래가 예언될 경우 사용 횟수를 소모하는 것으로 그 내용을 확인할 수 있습니다.

TP를 사용해서 설정한 키워드를 변경 및 소모된 사용 횟수를 충전할 수 있습니다.

또한 해당 상품은 보급형으로 보다 확실한 효과를 원하신다면, 대마녀의 예언자 거울을 구매해주세요.

주의 사항: 애매모호한 키워드를 설정할 경우 본인이 원하는 방향과는 다른 미래가 예언될 수 있음을 주의하시기 바랍니다. 거울이 보여주는 미래는 12시간 이내에 벌어질 상황입니다.

현재 설정된 키워드: 소유자의 죽음.

사용 횟수: 4/15

TP: 17,000

"마, 만 칠천 포인트라고?"

그저 평범한 거울이라고 생각했던 물건이 정산의 방에서 구매 가능한 아이템이었다는 사실에 황당함을 금할 수가 없었다.

게다가 고작 아이템 하나인데, 그 가격이 무려 17,000 포인트였다.

그것뿐인가? 무려 17,000 포인트인데 보급형이라는 친절한 설명까지 붙어 있었다.

게다가 더 좋은 효과를 원한다면, 대마녀의 예언자 거울을 구매하라는 깨알 같은 홍보까지 포함되어 있지 않은가?

"……이 아이템 주인이 나보다 레벨이 높았구나."

추측을 할 수 있는 이유는 별다른 것이 없다. 그저 아이템의 설명에 등급이란 것과 레벨이 낮아 확인할 수 없다는 설명이 추가되어 있기 때문이었다.

만약 내가 이 아이템의 주인보다 레벨 높았다면, 해당 문구 같은 것은 나오지도 않았을 것이다.

"이 물건의 주인인 여행자기 아직 이 시대에 남아 있을 확률도 높아졌고 말이야."

1,700 포인트도 아니고 무려 17,000 포인트의 아이템이다. 그 사람의 레벨이 정확히 얼마이고 포인트를 얼마나 가졌는지는 지금의 내가 알 수 없다.

하지만 최소한 나라면, 이 정도 가격의 아이템을 잃어버리고 그냥 돌아갈 것 같지는 않을 것 같다는 생각이 들었다.

어쩌면 물건의 주인인 여행자 또한 어딘가에서 온갖 욕을 하면서 눈에 불을 켜고 이 아이템을 찾고 있을지도 모른다. 17,000 포인트가 땅을 판다고 해서 쉽게 얻을 수 있는 포인트는 아니지 않은가?

"……설정된 키워드는 소유자의 죽음. 확실히 잃어버리지 않는다는 전제 조건이 붙는다면, 나쁘지 않은 키워드야."

여행의 임무에 따라서 다를 수도 있겠지만, 대부분의 여행은 기본적으로 여행자의 혼이 깃든 정착자가 살아 있어야 진행이 가능하다.

정착자가 죽어버리면 아무것도 할 수 있는 게 없기 때문이다. 그런 점에서 소유자의 죽음이란 키워드는 나쁘지 않았다.

만약 예를 들어 키워드를 한정훈의 죽음이라고 했다면, 이 효과는 오로지 한정훈의 죽음에 한해서만 발동이 될 것이다.

다시 말해 정착자의 몸에 깃들었을 때는 아무런 효과를 볼 수 없게 되는 것이다.

하지만 소유자의 죽음으로 키워드를 설정하고 타임 포켓에 넣어 다닌다면, 여행을 가서 다른 인물이 되더라도 언제든 이 아이템의 효과를 보는 게 가능했다.

"문제는 지금 이 아이템의 효과가 발동되었다는 건데."

아직도 눈앞에는 조금 전에 떠오른 홀로그램 창이 남아 있었다.

[현재 남은 사용 횟수는 4/15입니다. 사용 횟수 1을 소모해서 내용을 확인하시겠습니까?]

해당 효과가 발휘되는 키워드가 소유자의 죽음이었다. 즉, 이 거울은 지금의 소유자인 이산의 죽음을 예지했다는 것이다.

"……."

차라리 남은 사용 횟수가 많았다면, 거침없이 확인을 했을 것이다.

하지만 지금 내가 확인을 하면, 남은 횟수는 고작 3에 불과했다.

물론 지금의 이런 고민은 원래 주인에게 미안해서는 절대 아니었다.

"물건이야 잃어버린 사람이 잘못이지."

귀하고 비싼 물건이면, 처음부터 잘하는 게 맞는 것이다. 단지 내가 지금 고민 했던 이유는 남은 사용 횟수가 4번 밖에 남지 않았다는데서 오고 있었다.

지금 시점에서 이 아이템의 효과를 사용하는 것이 과연 현명한 결정일까? 어쩌면 향후 이 아이템의 효과가 더욱 필요한 순간이 올지도 모른다.

17,000 포인트의 아이템이라면, 앞으로 내가 몇 번의 여행을 더하더라도 쉽게 구매하지 못한 수준의 아이템이었기

때문이었다.

하지만 이런 고민은 그리 길게 가지 못했다.

"……그래, 죽으면 말짱 꽝이다. 그때 가서 바보처럼 후회하느니, 그냥 사용하자."

화아악!

결정을 내린 순간 동시에 거울에서 보라색 빛이 뿜어져 나왔다.

그리고 그 빛이 차츰 잠잠해지더니, 거울의 앞면에서 흡사 영화의 필름이 재생되는 것 같은 장면이 흘러 나왔다.

"수향? 상선?"

소리는 들리지 않았지만, 내관의 복장을 하고 있는 자가 무릎을 꿇고 주저앉아 울고 있었다.

그 옆에는 검동으로 임명한 수향이 오른손에 검을 들고 침통한 표정으로 서 있었다.

"그리고 저 여인은……."

마지막으로 그들 사이에는 붉은색 당의를 입은 여인이 피를 흘리며, 쓰러진 사내의 손을 잡고 울고 있었다.

여인이 손을 잡고 있는 사내. 거울에 빠져들듯 시선을 고정해서 사내의 얼굴을 확인한 순간 내 입에서는 절로 신음이 비집고 흘러 나왔다.

"이산."

곤룡포를 입고 쓰러져 있는 사내는 분명 내가 아는 이산이었다.

"젠장, 결국 자객한테 당한 건가?"

거울 속에서 보이는 이산의 가슴 부분. 옷을 입고 있기 때문에 정확한 부위는 파악할 수 없다.

하지만 어찌됐든 핏물이 배어나오고 주변의 반응을 보건데 암습을 당한 것으로 추측됐다. 그것도 그냥 암습이 아니라 목숨을 잃을 정도의 공격이다.

지금 내가 암습을 당한 것도 아닌데, 가슴 한편에 욱신거리는 통증이 느껴졌다.

"그보다 저 여인은 누구일까?"

정체에 대해 궁금증이 일었지만, 동기화가 낮기 때문인지 이름이 떠오르지가 않았다.

몇 번이고 기억을 떠올려보려고 했지만, 생각나지 않는 이름에 이내 고개를 흔들었다. 일단은 확인할 것이 몇 가지 더 있기 때문이었다.

"흥수의 모습이 보이지 않는데, 설마 흥수를 못 잡은 건가?"

거울의 앞면을 손가락으로 이리저리 비벼봤다. 혹시나 영화와 같은 이 화면이 움직이지는 않을까라는 생각에서였다. 지금의 상황을 제대로 파악하기 위해서는 좀 더 넓은 시야가 필요했다.

벅! 벅!

하지만 손가락으로 아무리 비벼도 거울의 화면은 처음 보여준 것과 전혀 다를 게 없었다.

파스스.

그리고 잠시 뒤. 더는 보여줄 것이 없다는 것처럼 거울의 화면은 원래의 모습으로 돌아왔다. 그 모습에 아쉬움보다는 진한 허탈함이 먼저 찾아왔다.

"……저게 12시간 이내에 벌어질 미래의 모습이란 말이지."

주의 사항에 적혀 있던 내용이 떠올랐다. 분명 거울에 비치는 모습은 12시간 이내에 벌어지는 상황이라고 적혀 있었다.

다시 말해서 5분 뒤의 상황이 될 수도 있고 정확히 12시간이 되는 시점에 벌어질 수도 있는 상황인 것이다.

"그나마 알 수 있는 건 시간인데."

거울에 비친 모습은 대체적으로 어두컴컴했다. 그 말은 적어도 해가 떨어진 시점 이후라는 소리였다.

그리고 또 한 가지. 암습은 지금의 내가 전혀 생각지도 못한 방법일 게 분명했다.

"그렇지 않다면 아이템을 써보지도 못하고 당하지는 않았을 거야."

강림의 비약은 그렇다고 해도 외상과 내상을 치료할 수

있는 급속 치료 알약을 사용하지 못했다는 것은 문제가 있다. 아직까지 내가 그 두 가지 아이템을 사용하지 않았기 때문이다.

조금의 시간, 아니 상황이 뭔가 이상하다는 것만을 눈치챘어도 내 성격상 분명 아이템을 사용했을 것이다.

그런데 그러지도 못하고 저리 죽었다면, 의미하는 것은 하나였다.

"일격."

무예에 능한 이산과 그의 호위들이 손을 써보기도 전에 상대가 일격으로 목숨을 끊은 것이다. 그런데 과연 그만한 무예와 무기가 있을까?

"전하!"

생각이 꼬리에 꼬리를 물고 갈 무렵. 상선 인우의 목소리가 들려왔다.

"무슨 일인가?"

"왕대비(王大妃)께서 오셨사옵니다."

"왕대비?"

가뜩이나 조금 전 거울로 인해 머리가 아픈데 또 다시 머리가 아파져 왔다.

이산에게 있어 왕대비라고 부를 수 있는 사람이 누구일까? 지난날 공부했던 역사의 기록들이 떠올랐다가 사라지기를 반복했다.

그리고 얼마 지나지 않아 기억의 밑바닥 속에 있던 단어 하나가 슬그머니 고개를 내밀었다.

'정순왕후!'

이산의 아버지 이금. 선대왕인 영조의 부인으로, 호조참판을 지냈던 김한기의 형인 김한구의 딸이었다.

또 한 가지 특이한 점은 당시 영조가 정순왕후를 받을 당시 그녀의 나이는 15살이었다는 점이다.

물론 조선 시대는 결혼을 이른 나이에 하는 풍습이 있었기 때문에 15살의 혼인이 빠른 것은 아니었다.

하지만 문제는 당시 영조의 나이가 66살이었다는 사실이었다. 15살과 66살의 혼인. 두 사람의 나이차는 무려 50년이나 되었다.

현대로 치자면 그 어떤 말로도 정당화할 수 없는 범죄이겠으나, 어찌됐든 두 사람은 많은 신하들의 축복을 받으며 혼례를 올렸다.

이 혼례는 당시 조선에서도 개국 이래 가장 나이 차이가 많이 나는 혼인이었다.

"어찌하시겠사옵니까?"

다시 상선 인우의 목소리가 들려왔다.

"……일단 드시라하게."

비록 조선의 왕으로 등극한 이산의 신분이 가장 높다고 하지만, 정순왕후는 아버지인 영조의 부인. 다시 말해서 왕실의 큰 어른이었다.

허락을 하자 문이 열리며, 흉배와 금박이 화려하게 치장되어 있는 당의를 입은 정순왕후, 왕대비가 걸어 들어왔다.

"어?"

왕대비의 모습을 확인한 순간 내 입에서 절로 헛바람 소리가 흘러 나왔다.

방 안으로 들어오는 정순왕후.

거울 속 붉은 당의의 여인이 바로 그녀였기 때문이었다.

Chapter 61. 검동과 내금위

[동기화가 향상 됐습니다.]
[현재 동기화는 33%입니다.]

왕대비인 정순왕후를 확인하는 순간 동시에 동기화가 향상되었다.

그만큼 왕대비인 그녀가 중요한 인물이라는 소리였다.

'으음. 설마 그녀가 이산을 죽인 건 아니겠지?'

혹시나 하는 생각을 했지만, 거울이 보여준 모습을 보면 그럴 가능성은 희박했다.

만약 그랬다면 상선 인우나 검동 수향이 울고 있는 왕대비를 그저 지켜만 보고 있지는 않았을 것이다.

즉, 일단 세 사람은 범인이 아니라는 소리였다. 그리고 이 사실을 반대로 생각하면, 우선 세 사람은 믿어도 된다는 논리가 되었다.

'그나저나 왕대비는 촌수로는 할머니인데. 그냥 얼굴만 봐서는 누나뻘이네.'

이산이 태어난 년도가 1752년이라면, 정순왕후가 태어난 시기는 1745년이었다.

두 사람의 나이는 고작 7살 차이. 하지만 앞서 말했듯 정순왕후는 할아버지인 영조의 왕비였으며, 이산의 어머니라고 할 수 있는 혜경궁 홍씨보다도 10살이 어렸다.

그 때문인지 정순왕후의 얼굴은 흔히 할머니라고 부르는 분들과는 차이가 있었다.

우선 자글자글한 주름과 검버섯이 없었으며, 오히려 곱게 갈아 만든 분으로 치장한 얼굴은 밝고 화사했다.

얼굴 역시 현대의 미인상과는 거리가 있지만, 작고 동글동글한 것이 호감과 귀여움을 주는 상이었다.

또한 왕실의 사람으로 지내오며 몸에 쌓인 위엄과 기품이 흘러나오니, 이산의 입장이 아닌 내 입장에서 본 첫 인상은 10점 만점 중에 8점이라 할 수 있었다.

자리에 앉은 왕대비가 조심스레 내 상태를 살피더니, 입을 열었다.

"주상(主上), 어의께 들었습니다. 몸살이 심하게 나셨다지요? 그래, 몸은 좀 괜찮으십니까?"

나직하면서 걱정이 흠뻑 담긴 목소리였다. 비록 7살 차이였으나, 신분과 시대의 차이 때문인지 그녀의 태도는 고뿔 걸린 손자를 걱정하는 할머니의 모습과 다를 게 없었다.

"……많이 좋아졌습니다. 제가 왕대비께 괜한 심려를 끼친 것 같습니다."

그저 인사치레로 가볍게 던진 말이었다.

[동기화가 향상 됐습니다.]
[현재 동기화는 34%입니다.]

하지만 그 순간 고작 1%지만 동기화가 또 다시 올라갔다.

'내 대답이 마음에 들기라도 했던 건가?'

지금까지의 경험을 보면, 동기화의 향상은 대부분 상대적으로 올라간다는 사실을 알 수 있다.

하지만 그 중에서도 몇 가지 공통점은 존재하는데, 임무와 관계된 핵심적인 인물과 조우하거나 또는 정착자가 원하는 방향으로 행동 혹은 말을 했을 경우였다.

'흠. 역사를 보면, 이산의 효심이 무척 지극했다고 하는데. 그래서 그런 건가?'

조금 전의 차갑지만은 않았던 내 답변이 마음에 들었던 것인지 아니면 다른 이유 때문인지는 알 수 없었다.

그래도 별다른 수고 없이 동기화가 올라갔으니 내 입장에서는 고마울 따름이었다.

"혹 이 할미가 걱정할 것 같아서 거짓으로 말하는 건 아니지요?"

"……."

"주상 정말 괜찮으신 게 맞습니까? 이 할미가 어의를 부르라 할까요?"

"아, 아닙니다."

7살 차이인데, 본인 입으로 할미라고 칭하다니. 순간적으로 당황해버리고 말았다.

확실히 머리로 생각하는 것과 그것이 현실로 닥쳤을 때의 반응은 쉽지가 않다.

"흠흠. 며칠 쉬면 괜찮아질 겁니다. 큰 걱정은 안 하셔도 됩니다."

"그렇다면 다행입니다."

다행이라고 말을 하는데 어찌 왕대비의 표정에서 망설임이 보였다.

아직도 내가 걱정되기 때문일까? 아니면 뭔가 다른 이유가 있는 것인가?

"혹시 따로 하실 말씀이 있으십니까? 있으시다면, 편히 말씀하세요."

"그게…… 아닙니다."

왕대비가 한 번 더 말을 아낀다. 무슨 일인가 하고 뒤쪽에 서 있던 상선 인우를 쳐다봤다.

왕의 비서와 같은 일을 하는 그라면, 지금 상황에 대한 답을 가지고 있을 것이다. 내 눈빛을 받은 상선 인우가 가볍게 고개를 숙이며 입을 열었다.

"지난날 왕대비 마마께서 전하의 즉위를 축하하는 의미에서 연회를 연다고 하시며, 전하께서도 와주시기를 바란다고 말씀하셨사옵니다. 혹 오늘이 그날이 아닌지요."

스윽.

고개를 돌려 왕대비를 다시 쳐다보니 좀 전과는 달리 기대 어린 표정으로 바뀌었다.

'아무래도 상선의 말이 맞는 것 같은데. 그보다 연회라니……'

썩 기분이 내키지는 않았다. 당장 12시간 이내에 죽는다는 예언을 받은 상황이었다.

그런 상황에서 절세미녀들과 함께 풍악을 올리고 논다한들 즐거울 리가 있을까? 자칫 이산이 정말 죽기라도 하면, 역사가 송두리째 바뀌는데 말이다.

쉽게 입을 열지 않고 있으니, 왕대비가 시무룩한 표정을 지었다.

"주상께서 몸이 안 좋으신데, 이 늙은이가 괜한 주책을 부린 것 같습니다. 이런 때에 연회나 열겠다고 하다니, 후우."

깊을 한숨을 쉬는 왕대비를 보니, 가슴 한 구석에서 통증이 일어났다.

내 의지와는 상관없이 이산의 몸이 반사적으로 왕대비의 모습에 반응을 보인 것이다. 지난 여행을 통해 몇 번이나 이런 경험이 있었기 때문에 잘 알고 있다.

'저기 자칫하면 죽을 수도 있다는 걸 알면서도 이런 반응입니까?'

만약 눈앞의 이산이 있다면, 난 망설임 없이 지금과 같이 물었을 것이다.

하지만 가슴의 통증을 보니, 지금은 우선 당장 눈물을 흘릴 것 같은 왕대비를 진정시키는 게 먼저일 것 같다.

"……아닙니다. 약속을 했다면 지켜야지요. 어찌 임금이 한 입으로 두 말을 할 수 있겠습니까? 연회는 지금 여실 생각이십니까?"

왕대비의 얼굴이 대번에 밝아졌다.

"그게 참말입니까? 주상께서 아프신 와중에도 오신다고 하니 연회에 신경을 좀 더 써야겠습니다. 그리고 연회는 유시에 경회루(慶會樓)에서 시작하려고 한답니다."

유시라면, 오후 5시30분부터 7시30분까지를 가리키는 시간이었다.

그리고 그 대답을 듣는 순간 거울이 보여줬던 장소가 어디인지를 알 수가 있었다.

'암습은 연회를 여는 경회루에서 벌어지는구나.'

시간은 물론 주요 등장인물이 모두 함께 하는 장소. 그곳은 바로 왕대비가 연회를 여는 경회루였다.

'암습을 피하려고 한다면, 연회에 불참을 하면 된다. 하지만, 그렇게 하면 흉수가 누구인지는 알 수 없겠지.'

암습을 피하는 방법은 간단하다. 수습 마녀의 예언자 거울로 이미 벌어질 미래를 봤으니, 왕대비가 여는 연회에 건강상의 이유로 참석하지 않으면 그뿐이었다. 이미 참석을 한다고 말을 했어도 크게 문제 될 것은 없다. 그저 저녁에 어의를 불러 병환이 심해졌다는 연기를 한 번 더 하면 그뿐이었다.

하지만 이런 식으로 피해버리면, 이산을 죽이려고 했던 흉수가 누구인지를 알 수 없게 된다.

'평범한 자객은 아닐 것이다.'

거울이 보여준 모습을 보면 이해가 되지 않는 석연치 않은 점들이 많았다.

아무리 생각을 해봐도 제대로 된 반격도 하지 못하고 그리 허망하게 죽을 수 있을까? 그 많던 임금의 호위는 무엇을 했단 말인가?

[현재 남은 시간은 138시간입니다.]

이제 남은 시간은 대략 5일 하고도 18시간이었다. 흉수는 물론이고 이산을 죽인 그 흉수와 방법을 찾아내지 못한다면, 앞으로 이리 강녕전에만 틀어 박혀 있다고 해서 안전하리란 보장 또한 없었다.

"주상? 주상?"

"……."

생각에서 빠져 나와 정신을 차리니, 날 걱정스럽게 바라보는 왕대비와 상선 인우의 모습이 보였다.

"정말 어의를 부르지 않아도 괜찮겠습니까?"

"아, 괜찮습니다. 잠시 다른 생각을 하느라. 그보다 유시라고 하셨지요? 사람을 보내시면, 늦지 않게 연회에 가도록 하겠습니다."

왕대비가 여전히 걱정 어린 표정으로 날 쳐다본다. 뒤에 있는 상선 또한 마찬가지다.

"정말 괜찮습니다."

"후우. 알겠습니다. 혹시라도 몸이 안 좋으시면, 괜히 무리하지 말고 쉬셔도 됩니다. 연회야 주상께서 쾌차하시고 다음에 하면 되지 않겠습니까?"

"알겠습니다."

"그럼, 이 할미는 물러 갈 테니. 주상께서는 쉬도록 하세요."

왕대비가 물러가자 난 곧장 상선에게 수향을 불러 오라고 일렀다.

오늘 누군가 이산을 죽일 것이라는 사실을 알았다. 그리고 난 그 장소로 직접 향할 것이다.

그렇다면 지금부터 내가 할 일은 그 죽음을 막아줄 수 있는 사람과 방법을 찾을 때였다.

'오히려 역으로 함정을 파서 그 자를 잡을 것이다.'

지금의 내 신분과 힘이라면, 불가능한 것은 아니었다.

"전하, 소녀를 찾으신다고 들었습니다."

하루 만에 재회한 수향의 겉모습은 전날과 크게 달라져 있었다.

우선 나풀거리는 남치마에 옥색 저고리 대신 몸매의 굴곡이 그대로 드러나는 남색 무복을 입었으며, 머리에는 두건을 둘렀다.

또 검동으로 임명했기에 옆구리에는 수수해 보이는 검 한 자루가 매달려 있었다.

"전날 밤이 늦어 보지 못했던 네 실력을 보고 싶구나. 가능하겠느냐?"

"물론입니다."

수향은 자신 있는 목소리로 대답했다. 시선을 돌려 상선을 쳐다봤다.

"수향과 대련할 적당한 실력의 내금위를 준비하게."

"예, 전하."

객관적으로 실력을 평가하기 위해서는 대련 만큼 좋은 방법이 없었다.

상선이 앞서 나간 뒤 얼마의 시간이 흘렀을까? 가볍게 차를 한 잔 마시고 있으니, 준비가 되었다는 소식이 전해져 왔다.

수향과 함께 밖으로 나가니 과연 단단한 눈매가 인상적인 내금위가 돌계단 아래 서있었다.

"이름이 무엇이냐?"

"신 내금위의 동진이라고 하옵니다. 전하."

옆에 있는 수향을 보며 말했다.

"한 눈에 보기에도 무예가 낮지 않은 사내다. 이길 수 있겠느냐?"

수향의 시선이 동진에게로 향했다. 동진의 시선 또한 수향을 향했다.

그리고 이내 수향이 여인임을 깨달은 동진의 시선이 미묘하게 변하는 것이 보였다.

"남자라서 혹은 여자라서 손속에 사정을 둘 필요는 없다. 서로의 무예 수준을 확인하기 위한 대련일 뿐이다. 만약 최선을 다하지 않는 모습이 보인다면 큰 벌을 내릴 것이다. 두 사람 모두 알겠느냐?"

혹시 동진이 수향을 보고 오해를 할까봐 한 말이었다. 그의 입장에서는 자칫 대련 도중 수향이 다치기라도 하면, 자신이 임금인 나로부터 화를 당하지는 않을까 걱정이 되지 않을 수 없을 것이다.

"명 받들겠나이다."

"알겠습니다. 전하."

하지만 내가 미리 당부를 하고 나서자 미묘하게 변했던 동진의 표정이 원래대로 돌아왔다.

저벅저벅.

돌계단을 내려간 수향이 동진을 향해 고개를 숙였다. 그 모습에 동진 역시 가볍게 고개를 숙이더니, 천천히 검을 뽑아 들었다.

스르릉.

매일 같이 손질을 하는 것인지 검집에서 뽑힌 검은 날카로운 기운을 품고 있었다.

그리고 그건 뒤이어 수향의 손에 들린 검 또한 마찬가지였다.

"시작하게."

두 사람의 준비가 끝나자 지켜보던 나는 곧장 대련을 시작하라고 일렀다.

동시에 서로에게 검을 겨누고 있던 수향과 동진의 눈빛이 변했다.

"하앗!"

선공은 수향이었다. 그녀는 곧장 앞으로 한 걸음 내딛더니 망설임 없이 동진의 가슴을 향해 검을 내질렀다. 군더더기가 없을 만큼 빠른 동작이었다.

하지만 수향의 공격을 바라보는 동진의 시선은 담담했다. 그녀의 검을 똑바로 쳐다봤고 검의 끝이 자신의 가슴에 닿기 직전 번개 같은 속도로 오른손에 들린 검을 움직였다.

챙!

"이잇."

동진이 휘두른 검의 힘을 이기지 못한 수향의 검이 궤적을 잃고 경로를 벗어났다.

손아귀를 타고 느껴지는 찌릿함에 수향의 입에서 짧은 신음이 흘러나왔다.

하지만 언제까지 손아귀의 찌릿함에 신음을 흘리고 있을 수는 없는 노릇이었다.

동진이 곧장 다음 공격을 시도했기 때문이었다. 몸을 가볍게 회전한 그는 검을 반월처럼 내리 휘둘렀다.

질끈.

수향이 입술을 앙다물더니 재빨리 양손으로 검의 손잡이를 잡았다.

조금 전의 공격을 통해 힘의 격차가 그만큼 크다는 사실을 깨달았기 때문이었다.

챙! 챙!

동진의 공격은 그 뒤로 쉼 없이 계속 되었다. 공격을 받을 때마다 수향의 팔과 손은 부르르 떨렸으나, 그럼에도 그녀는 이를 악물고 검을 놓치지 않았다.

곁에서 보이게는 수향의 자세는 분명 위태로웠고 동진보다 실력이 떨어지는 것 같이 보였다. 그럼에도 수향이 무너지지 않고 버티는 것을 보면 신기할 정도였다.

"동진 내금위는 무예만을 놓고 보자면 내금위들 중에서도 수위를 다투는 실력을 지녔사옵니다. 지난 무과에서도 장원을 차지했으니까요."

대련을 지켜보던 상선이 나지막한 목소리로 입을 열었다.

"장원?"

장원이라 하면, 현대로 치자면 수석이라는 소리였다. 상선 인우를 보며 되물었다.

"내가 대련 상대로 내금위를 준비하라고는 했으나, 따로 상선께 저런 실력자를 준비하라고는 하지 않았네. 수향은 자네의 수양딸인데 어찌 저런 실력자를 데려온 것인가? 혹 내가 수향의 실력에 실망해서 내치면 어쩌려고?"

"송구하옵니다. 전하. 소인 오히려 수향의 실력에 자신이 있기에 동진 내금위를 불러왔사옵니다."

상선 인우의 말에 고개를 갸웃거렸다. 그와 대화를 나누는 사이에도 수향은 연신 동진의 공격에 고전을 면치 못하고 있기 때문이었다.

그리고 내가 보기에도 수향보다는 동진 내금위의 실력이 한 수 위인 것 같았다.

"자네 저 모습을 보고도 그리 말하는가?"

"전하, 소신이 전하께 수향을 추천한 이유는 그 아이의 무예 실력이 뛰어난 것도 있지만 그것보다 또 다른 이유가 있기 때문이옵니다."

"또 다른 이유?"

내가 반문하자 상선 인우의 시선이 돌계단 아래서 대련 중인 두 사람에게로 향했다.

"수향은 심계(心悸)가 무척 뛰어난 아이옵니다. 더욱이 본디 무예란, 살을 내주고도 뼈를 취하면 되는 것이 아니옵니까?"

"살을 내주고 뼈를 취한다라."

상선 인우를 따라 나 역시 시선을 두 사람에게로 돌렸다. 그 사이 동진의 표정은 계속해서 자신의 공격이 막히자 시뻘겋게 달아 오른 상태였다.

"……언제까지 그리 막기만 할 것인가?"

"……."

동진이 물었지만, 수향은 아무런 대답도 하지 않았다. 그저 양손으로 검의 손잡이를 잡은 채 동진의 다음 공격을 대비할 뿐이었다.

"그대의 스승은 막기만 하는 무예를 알려줬나 보군. 하긴 여인의 몸으로 제대로 무예를 익히기 힘들었겠지. 차라리 지금이라도 그 스승의 무예는 버리고 내게 다시 배워보는 게 어떻겠는가?"

"스승님을 욕되게 하지 마십시오."

순간 움찔한 수향이 걸음을 크게 내딛으며 양손으로 잡은 검을 위에서 아래로 내리그었다.

힘이 잔뜩 들어간 듯 큰 동작이었다. 반대로 그 모습을 확인한 동진의 입가에는 한 줄기 미소가 걸렸다.

'여인의 몸으로 무예는 제법이지만, 경험은 일천하구나.'

싸움은 무릇 실력만이 전부가 아니었다. 상황에 따라서 무수히 많은 변수가 있었으며, 상대의 마음을 뒤흔들어 평정을 깨트려버리는 것 또한 실력의 하나라고 할 수 있었다.

하수들은 이러한 것을 가지고 비겁하거나 부끄럽다고 말하지만, 애초에 검을 들었다면 어떤 싸움이라도 절대 지면 안 된다.

더욱이 동진은 임금을 지키는 내금위였다. 그에게는 대련 또한 져서는 안 되는 싸움이었다.

'끝이다!'

승패가 갈렸다고 판단한 동진이 자신의 손에 들린 검을 그대로 내질렀다.

누가 보더라도 수향의 검이 내리 그어지기 전 동진의 검이 먼저 그녀의 가슴에 닿을 것처럼 보였다.

'동진 내금위의 승리군.'

대련을 처음부터 끝까지 지켜본 나 역시 그리 생각했다. 하지만 이변은 바로 그 순간 일어났다.

"허……."

나도 모르는 사이 내 입에서 절로 웃음이 흘러나왔다. 그 웃음의 이유는 어느 틈에 동진의 목에 닿아 있는 수향의 검에 있었다.

"이, 이 무슨 말도 안 되는!"

임금의 앞이라는 사실도 잊은 동진의 입에서 당혹스러운 음성이 흘러나왔다.

그는 도무지 이해할 수가 없었다. 분명 자신의 검이 먼저 수향의 가슴을 노리고 찔러 들어갔다.

그런데 갑자기 그녀의 몸이 흔들거리더니, 그 순간 자신의 목에 날카로움을 뿜어내는 수향의 검이 닿아 있었다. 그야말로 귀신이 곡할 노릇이었다.

"하아, 하아……."

잠깐 사이에 숨이 거칠어진 수향이 동진을 보며 말했다.

"다시 말하지만, 스승님의 무예를 흉보지 마십시오. 비록 제가 제대로 익히지 못했으나, 누군가에게 흉을 받아도 되는 무예가 아니옵니다."

"......."

동진은 아무런 말을 할 수가 없었다. 이제 와서 상대의 평정을 흔드는 것 또한 실력의 하나라고 말해봤자 자신의 처지만 우스워질 뿐이었다.

지금 그가 할 수 있는 말은 한 가지 뿐이었다.

"......내가 졌네."

쨍그랑.

동시에 동진이 자신이 들고 있던 검을 손에서 났다. 그러자 대련을 지켜보던 내관이 입을 열었다.

"검동 수향의 승리요!"

짝! 짝!

대련이 끝나자 난 자리에서 일어나 아낌없이 박수를 쳐 줬다.

"훌륭한 대련이었다. 내금위 동진은 물론 검동 수향 모두 뛰어난 실력이었느니라! 상선은 오늘 나를 위해 힘써준 이 두 사람에게 따로 선물을 챙겨주도록 하시오."

"알겠사옵니다. 전하."

"그리고 수향은 잠시 이리 오너라."

검을 검집에 넣은 수향이 돌계단을 향해 가까이 왔다. 잠깐의 대련이었음에도 불구하고 그녀는 마치 물속에서 멱이라도 감고 나온 듯 흠뻑 젖어 있었다.

그 모습을 보고 있자니 조금 전의 동작과 더불어 떠오르는 것이 있었다.

"조금 전, 동진 내금위의 검을 피했던 움직임은 기를 다룬 것이냐?"

"저, 전하께서도 기에 대해 아십니까?"

깜짝 놀란 수향이 도리어 반문했다. 그런 그녀의 행동에서 나는 내 예상이 맞았음을 깨달았다.

이미 내금위장 조심태를 통해서 기가 실존하는 것을 확인했다.

비록 그는 기를 통해 빠르게 움직이는 것에 대해서는 확답을 하지 못했으나, 그건 어디까지나 그가 그런 상대를 겪어보지 못했기 때문이었다.

기라는 것이 존재한다면 분명 세상 어딘가에는 그 기를 다른 방향으로 사용하는 사람도 있을 것이라는 게 내 판단이었다.

"그래, 내금위장 또한 기를 다룰 줄 알았다."

"역시……. 저희 스승님께서도 궁의 내금위장 정도라면 기를 다룰 수 있을 거라고 하셨습니다."

"그 스승이 누구더냐?"

수향의 나이는 고작 17살이다. 이 나이에 기를 다룰 수 있도록 만들었다면, 그 스승의 실력도 보통은 넘을 것이다. 물론 그자의 이름을 묻는 것은 다른 이유가 있기 때문이었다.

'그런 자를 불러 일주일 정도로만 호위로 삼아도 필시 만약의 사태에 대비하기가 훨씬 수월할 것이다.'

하지만 뒤이어 흘러나온 수향의 얘기는 일찌감치 이런 내 뜻을 접게 만들었다.

"송구하오나, 저 역시 스승님의 함자를 알지 못하옵니다. 스승님께서는 떠나기 전 척씨 성을 사용한다고만 알려주셨습니다."

"척씨?"

시선을 돌려 상선 인우를 쳐다봤다. 어찌됐든 수향이 그녀의 양딸이니 뭔가 더 아는 것이 있지 않을까 하는 생각에 서였다.

"저 또한 수향의 스승에 대해서는 아는 바가 많지 않사옵니다. 다만 그자의 무예가 범상치 않았고 또 재물에 큰 욕심이 없었기에 먹을 것과 머물 곳을 마련해주었을 뿐입니다. 그자는 그 대가로 수향에게 무예를 알려주고 삼 년 정도 머물다가 떠났사옵니다."

"흐음."

이미 떠난 자를 찾는 것은 쉽지 않을 것이다. 내게 많은 시간이 있는 것도 아니고 말이다.

'잠깐. 척씨 성이라면, 설마 그 사람의 후손은 아니겠지?'

역사를 통틀어서 척씨 성이라고 하면 대표적인 인물이

한 명 존재한다.

고려의 소드 마스터라고 불렸던 척준경 말이다. 어쩌면, 수향에게 무예를 사사했던 그 스승이란 자가 척준경의 후예일지도 모르겠다는 생각이 잠시 들었다.

"혹시 그 척씨 성을 사용한다는 스승의 실력은 어떠했는지 아느냐? 네가 기를 사용하는 것으로 봐서는 그자 또한 기를 다뤘을 텐데. 혹시 특이한 재주를 부릴 수 있더냐?"

집착이라면, 집착이었다. 조심태부터 시작해서 계속 뻔질나게 같은 것을 물어보고 있으니 말이다.

"스승님께서 10보(步)정도의 거리를 순식간에 이동하는 것을 본 적은 있사옵니다. 하지만 그리 움직일 수 있는 것은 하루에 한두 번이 한계라고 말씀하셨습니다."

사람마다 다르기는 하지만 보통 성인 남성의 한 걸음이 50~70cm라고 할 수 있었다.

그럼, 10보는 대략 5m에서 7m의 거리라는 소리였다. 그 정도의 거리를 순식간에 움직일 수 있다면, 능히 축지법(縮地法)이라고 부르기에 부족함이 없었다.

하지만 수향의 얘기를 들어보면, 그녀의 스승 또한 그와 같은 재주를 여러 번 부릴 수 없는 것 같았다. 이유라면, 내 금위장 조심태의 설명과 같은 것일 것이다.

"그럼, 아까 네가 보인 재주도 그 스승이란 자에게 배운 것이냐?"

"네, 운월보(雲越步)라는 무예로 몸을 가볍게 해서 빠르게 움직일 수 있는 기술이옵니다. 다만 소녀 아직 성취가 미흡해서 하루에 한 번, 그것도 고작 반 보 정도를 이동할 수 있을 정도이옵니다."

"운월보라……."

수향은 고작 반 보라고 했지만, 비슷한 무예를 지닌 사람과의 겨룸에 있어서 반 보는 승패를 가르기에 충분한 거리였다. 하지만 어찌됐든 이 또한 일대일의 승부에서나 사용할 만한 수법이었다.

내금위장 조심태의 설명처럼 한 번을 사용하고 지칠 정도라면, 일대 다수의 싸움에서는 그 위력이 큰 빛을 보지 못할 것이다.

"수향아."

"네, 전하."

"만약에 말이다. 네 스승이 나를 죽이고자 한다면, 너와 내금위들이 지키고 있어도 가능하겠느냐?"

털썩!

"저, 전하? 저희 스승님께서는 그러실 분이 아니시옵니다."

내 물음에 돌계단 아래에 있던 수향이 갑자기 무릎을 꿇었다.

그 모습에 내가 잠시 마음이 급해 말실수를 했다는 생각이 들었다.

'끄응. 왕이라고 해서 꼭 좋은 건 아니네. 별다른 생각 없이 던진 말에도 이런 반응이라니.'

수향의 입장에서는 내 신분이 신분이니, 충분히 오해를 살 수 있었다. 가볍게 속으로 한숨을 내쉬고는 곧장 말을 이었다.

"그런 뜻으로 물은 게 아니다. 다만, 궁금해서 그런 것이다. 그 정도 무예를 지닌 자가 과연 나쁜 뜻을 먹는다면 나를 해할 수 있을까 해서 말이다. 만약 가능하다면, 혹 불손한 무리가 나를 노릴 것을 대비해서 좀 더 주의를 해야 하지 않겠느냐? 그러니 그만 일어나서 네 생각을 한 번 말해보려무나."

설명을 들은 수향이 자리에서 일어났다. 그리고 잠시 생각을 하다가 내 눈치를 살피며, 조심스럽게 말했다.

"전하, 소녀가 솔직히 말씀드려도 됩니까?"

첫 날 만났을 때도 그렇지만, 수향이란 이 아이게는 당돌함이 있었다.

물론 그 당돌함은 나쁜 의미에서의 당돌함이 아니었다. 자기 소신을 솔직히 말할 수 있는 수향의 모습은 오히려 내게 충분히 매력적이었다.

"어떤 말이어도 좋다. 그러니 솔직한 네 생각을 말해보려무나."

"……아마 몇몇의 조력자가 있다면 가능할 것이라고

생각 되옵니다."

뒤쪽에 서 있는 상선 인우가 또 다시 두 눈을 부릅뜨는 게 느껴졌다.

"어째서 그렇게 생각하느냐? 궁에는 많은 병사가 있고 내 주위에는 늘 내금위들이 있다. 그들의 실력은 조금 전 네가 겪어 봤기에 잘 알 것이다."

수향의 대답은 내금위장 조심태의 것과는 반대였다. 내 질문을 받은 수향이 고개를 끄덕였다.

"물론 전하의 말씀대로이옵니다. 하지만 아무리 호위가 많다고 해도 결국 전하의 몸을 지킬 수 있는 이들은 한정되어 있지 않사옵니까?"

"으음."

맞는 말이다. 수천의 병사가 나를 지킨다 한들 그것은 말 그대로 지키고 있을 뿐이다.

다시 말해서 가장 바깥쪽에 위치한 호위가 가장 중심에 있는 나를 지킬 수 없는 것과 같은 논리였다. 적어도 둘의 거리는 수백 미터 이상일 테니까 말이다.

"또한 다수의 공격을 성공할 필요도 없사옵니다. 조력자들이 내금위의 시선을 끌어준다면 스승께서는 한 번, 단 한 번의 공격으로 전하의 숨통을 끊을 수 있을 것입니다."

"흠흠."

듣고 있던 상선 인우가 헛기침을 했다. 그 헛기침에 고개를 갸웃거리던 수향이 이내 자신의 표현이 너무 과격했음을 깨닫고 고개를 숙였다.

"죄, 죄송합니다. 소녀가 배움이 부족해서 말실수를 했습니다."

"아니다. 네 말에도 충분히 일리가 있다. 그래, 그럼 그렇게 내 숨통을 끊고 도망가는 것도 가능하겠느냐?"

"예? 그건 불가능하옵니다."

반문하던 수향이 단호히 고개를 저었다.

"소녀가 말씀드린 상황은 모두 목숨을 버릴 각오를 했을 때 가능한 일입니다. 만약 살고자 하고 일을 벌인다면, 성공하지 못할 것입니다."

"네 스승보다 무예가 뛰어난 사람이 나를 노린다고 해도 말이냐?"

수향이 고민 없이 고개를 끄덕였다.

"그러하옵니다. 바로 옆에서 전하를 노리는 것이 아니라면, 불가능이라고 생각됩니다. 그리고 소녀, 송구한 말씀이오나 조선 팔도에 제 스승보다 강한 사람이 있을 것이라고 생각되지 않사옵니다. 스승님께서도 팔도에 자신을 단신으로 상대할 수 있는 인물은 오직 두 사람뿐이라고 하셨습니다."

"두 사람?"

"네, 그 중 한분은 지리산에 틀어 박혀 나오지 않으시고 다른 한 분은 청나라에 가셨다고 들었습니다."

이미 은퇴한 조선제일검 같은 걸까? 어찌됐든 수향의 설명은 조심태의 말보다 더 큰 믿음을 줬다.

"그렇구나. 설명 고맙다."

수향의 얘기를 들으니 이제야 확신이 선다. 적어도 거울이 보여줬던 오늘의 죽음을 만든 인물이 극에 이른 무예를 익힌 사람은 아닐 거라는 사실이었다.

그렇다면 역사를 벗어난 이산의 죽음은 하나로 설명할 수 있다.

'여행자!'

오늘 이산의 죽음을 만드는 사람은 지난 날 이회, 그리고 케이트와 같이 내가 만났던 여행자가 분명할 것이다.

Chapter 62. 흉수의 정체

고민도 많고 생각도 많았지만, 시간은 멈추지 않았다.

어느덧 유시가 되자 연회에 초정을 받은 대신들이 하나 둘 발걸음을 경회루(慶會樓)로 발걸음을 옮겼다.

"허허, 오늘은 경계가 꽤 삼엄합니다."

주변을 두리번거리던 형조판서 채제공이 수염을 쓰다듬으며 입을 열었다.

그러자 같이 걸음을 옮기던 영의정 김상철이 고개를 끄덕이며 대화를 받았다.

"대감의 말대로 경계가 삼엄하구려. 내금위는 물론이고 겸사복에 우림위까지. 허허."

"아무래도 전하께서 세손 시절의 일을 마음에 두고 계신 것 같습니다."

"그럴 만하지요. 허나 그래도 이미 만인지상의 자리에 오르셨거늘. 이제는 과거의 일은 털어버려야 하지 않겠습니까? 오히려 이런 모습은 흠이 잡힐 수 있습니다."

"그거야 그렇지요."

"부디 오늘 이 자리로 대신들과 화합하여 이 조선과 백성들만 생각하셨으면 좋겠습니다."

두 사람이 이런저런 대화를 나누며, 걸음을 옮길 때였다. 뒤쪽에서 그들을 부르는 소리가 들려왔다.

"대감! 그간 평안하셨습니까?"

두 사람이 반사적으로 고개를 돌리자 병조참판인 정후겸의 얼굴이 보였다.

그 옆에는 혜경궁 홍씨의 숙부이자 좌의정인 홍인한 또한 자리하고 있었다.

"……왕대비께서 대감도 불렀습니까?"

채제공이 다소 의외라는 듯 물었다. 애초에 이번 연회는 왕대비가 임금의 즉위를 축하하기 위해 마련한 자리였다.

하지만 두 사람은 지금의 임금이 즉위하기에 앞서 세손 시절부터 강력하게 반대를 주장했던 인물들이었다. 당연히 연회에 참석하는 것이 의문일 수밖에 없었다.

"하하! 전하가 즉위하시고 왕대비께서 처음 여시는 연회입니다. 그런데 어찌 저희가 빠질 수 있겠사옵니까?"

"암요. 이런 날 저희가 빠져서야 안 되지요. 저희가 오지 못할 곳을 온 것도 아니지 않습니까?"

서로 주고받는 정후겸과 홍인한을 보며 채제공과 김상철이 언짢은 표정을 지었다.

하지만 대놓고 뭐라 할 수는 없었다. 비록 두 사람이 저지른 짓이 있다고 한들 그들이 가진 힘이 적지 않기 때문이었다.

실제로 벼슬은 그들이 높다고 하나 가진 재물과 힘은 두 사람이 우세라고 할 수 있었다.

당사자인 정후겸과 홍인한 또한 그런 사실을 잘 알고 있었다.

정후겸이 연회가 열리기로 예정되어 있는 경회루로 시선을 두고는 가볍게 실소를 흘렸다.

"그나저나 누가 보면 연회가 아니라 전쟁을 준비하는 줄 알겠습니다. 저리 군관들이 많아서야 누가 연회라고 생각하겠습니까?"

"그렇지요. 어차피 인명은 하늘이 정한 것인데 말입니다."

정후겸의 말을 받아 홍인한이 가볍게 한마디를 툭 던졌다. 그러자 채제공과 김상철의 양 눈썹이 꿈틀거렸다.

"대감, 오늘 같이 경사스러운 날에 그 무슨 말이오!"

채제공의 노한 음성에 홍인한이 어깨를 으쓱거렸다.

"아, 집안의 종놈 얘기입니다. 갑자기 그놈이 병든 아비를 살리고자 용을 쓰던 것이 생각나서 말입니다. 결국, 빚이란 빚은 잔뜩 지고 그 아비는 죽지 않았겠습니까? 앞으로 살아가야 하는 그 종놈만 불쌍하게 됐지요. 차라리 모든 걸 포기했다면, 앞으로 사는 동안 그리 고생은 하지 않았을 텐데 말입니다."

"크흠."

불쾌한 표정의 채제공을 확인한 김상철이 정후겸과 홍인한을 향해 눈살을 찌푸렸다.

"시간이 됐으니, 얘기는 이쯤하고 경회루로 갑시다."

"그럼, 그러실까요?"

정후겸이 능글맞은 웃음으로 반문했다. 그러자 채제공이 이내 고개를 절레절레 흔들더니 앞서 경회루를 향해 걸음을 옮겼다.

그들이 경회루에 도착했을 때는 이미 조정의 많은 대소 신료들이 자리를 잡고 앉아 있었다.

네 사람이 가벼운 마음으로 경회루로 발걸음을 옮기려는 순간, 내금위가 그들의 앞을 가로 막았다.

"대감, 잠시 실례하겠습니다."

갑작스레 길이 막히자 정후겸이 불쾌한 얼굴로 내금위를

향해 물었다.

"이 무슨 짓인가!"

"전하의 어명이옵니다. 오늘 연회에 참석하시는 모든 이들이 혹 수상한 물건을 가져오지는 않았는지 확인하라고 하셨습니다."

"수상한 물건? 이놈! 내가 누구인지 모르는 것이냐!"

정후겸의 곁에 있던 홍인한이 크게 노한 얼굴로 소리쳤다. 그리고 그 표정은 앞서 비슷하게 걸어왔던 채제공과 김상철 또한 다르지 않았다.

조정의 중신인 그들 또한 지금 만큼은 홍인한과 마찬가지로 못마땅한 표정을 짓고 있었다.

"하지만 전하께서……."

"감히 내금위 따위가 조정의 중신을 가로막는단 말이냐!"

내금위가 다시 입을 열려고 하자 홍인한이 곧장 일갈했다. 순간 내금위의 얼굴이 일그러졌다.

분명 전하의 어명이란 사실을 밝혔다. 그런데도 이런 반응을 보이는 것이다. 하지만 바로 그 순간, 내금위에게 구명줄이 내려왔다.

"수색을 거절하시면, 그대로 돌아가셔도 좋습니다."

내금위의 곁으로 다가온 사람은 내금위장 조심태였다.

"이보게! 자네 우리가 누구인지 모르는가?"

조심태가 자신의 앞에 있는 이들을 훑어보며 말했다.

"모를 리가 있겠습니까? 영의정 김상철 대감, 형조판서 채제공 대감, 좌의정 홍인한 대감, 병조참판 정후겸 대감 아니십니까?"

홍인한의 양 볼이 실룩거렸다.

"누구인지 알면서도 우리 몸을 수색하겠다는 건가?"

"전하의 어명이란 말씀을 못 들으셨습니까?"

"하지만……."

"혹 수색을 하면 안 되는 이유라도 있는 겁니까?"

직설적인 조심태의 물음에 홍인한이 입을 다물었다. 자칫 말을 잘못했다가는 오해를 살 수 있음을 직감적으로 깨달은 것이다.

"……그래서 자네는 지금 우리 몸을 꼭 수색을 해야겠다는 말인가?"

정후겸이 다시 되묻자 조심태가 고개를 끄덕였다.

"전하의 어명이라고 말씀드렸습니다."

"알겠네. 하지만 오늘의 일은 내가 잊지 않을 것이라는 것을 명심하는 게 좋을 것이네."

"소신들은 그저 전하의 명에 따를 뿐입니다."

협박 어린 목소리에 조심태가 피식 웃었다. 문관의 서슬 퍼런 협박 따위, 목숨이 넘나드는 전장의 칼부림에 비하면 그에게 있어서는 애들 장난이나 마찬가지였다.

더욱이 오늘의 일은 전하께서 자신을 직접 내전으로 불러 내린 엄명이었다.

아무리 하늘의 나는 새도 떨어트리는 권력을 가진 정후 겸이라고는 하지만 그 또한 조선의 주인을 밟을 수 있을 정도는 아니었다.

만약 자신의 목이 떨어진다면, 그때는 이 나라의 주인도 바뀐 순간일 것이다.

"뜻대로 하시지요. 뭣들 하느냐! 대감들의 상태를 살피어라."

조심태의 명이 떨어지자 대기하고 있던 내금위들 몇몇이 더 붙어 그들의 몸을 살피기 시작했다.

머리끝부터 발끝까지 샅샅이 살핀 내금위들이 이내 수상한 물건이 없음을 확인하고 뒤로 물러섰다. 그 모습을 지켜본 조심태가 안쪽의 경회루를 가리키며 말했다.

"안쪽에 자리가 마련되어 있으니 대감들께서는 안으로 드시지요."

경회루로 걸어가는 길.

내금위를 지나쳐 안으로 몇 걸음 내딛던 홍인한이 분노 어린 목소리로 입을 열었다.

"이 무슨 망신이란 말입니까! 고작 무관들 따위가 조정 중신의 몸을 수색하다니요!"

"말을 아끼게나."

"대감!"

"듣는 귀가 많음을 모르는 것인가?"

책망 어린 정후겸의 목소리에 홍인한이 주변을 살폈다. 그리고는 이내 자신들을 쳐다보는 눈길에 입맛을 다시며 다시 정후겸을 쳐다봤다.

"하지만 아무리 생각해도 너무 하지 않습니까?"

"쯧쯧. 마음을 넓게 쓰게. 오늘의 일이야 훗날 갚아주면 되지 않을 것인가? 아니면, 고작 무관 따위를 어찌할 힘도 없는 것인가?"

정후겸은 정3품의 내금위장을 고작이라고 말했다. 하지만 정작 그 말을 들은 홍인한은 당연하다는 듯 고개를 끄덕였다.

이미 그들 손에 목이 날아간 이들 중에는 정1품의 중신 또한 여럿 있었다.

"그럴 리야 있겠습니까? 다만 기분이 좋지 못한 것은 사실이지 않습니까? 이럴 거였으면, 그저 집에 앉아 소식이나 들을 걸 그랬습니다."

"이 사람아! 옥에 갇힌 죄수도 죽기 전에는 고깃국을 내주네. 그런데 오늘의 일쯤이야 대수겠는가? 앞으로 큰일을 많이 해야 하는데 마음을 좀 더 넓게 쓰게나."

정후겸이 의미심장한 말을 던지고는 시선을 경회루의

상석으로 두었다.

그리고 그곳에는 오늘 연회의 주인공이 앉은 자리가 마련되어 있었다.

"하하, 자리가 아주 화려합니다."

정후겸을 따라 연회가 벌어지는 경회루의 상석으로 시선을 돌린 홍인한이 말했다.

"날씨도 아주 좋고 말이네."

이미 하늘은 해가 떨어져서 어둠 컴컴해진지 오래였다. 그런데도 정후겸과 홍인한은 서로를 마주보더니 이내 크게 웃음을 터트렸다.

한참을 신명나게 웃던 정후겸이 이내 뒷짐을 지더니 앞장서 걸음을 옮겼다.

"자, 갑시다. 가서 구경도 하고 술도 먹어야지요."

"그거 좋지요. 내 오늘 아주 신명나게 먹어보렵니다."

홍인한이 정후겸을 뒤따르며 바삐 걸음을 옮겼다.

같은 시각, 강녕전(康寧殿).

"전하, 유시가 되었사옵니다."

귓가에 들리는 상선의 목소리에 감았던 눈을 뜨며, 명상을 끝냈다.

"준비는 되었느냐?"

"예, 전하. 분부하신 대로 처리했사옵니다."

"수고했네."

조금의 망설임도 없이 대답이 흘러나왔다. 그리고 그 목소리에 맞춰 침상의 한쪽 면을 손으로 쓰다듬었다.

딸칵.

동시에 침상의 발을 두는 부분이 비스듬히 열리더니 그곳에서 활과 화살의 모습이 보였다.

일전에 확인했던 이산의 아버지. 사도세자 이선이 선물로 주었던 그 활이었다.

손을 내밀어 활을 잡으니, 마치 오랫동안 다룬 것처럼 편안한 느낌이 들었다.

아니, 실제로 이산은 세손 시절 틈만 나면 이 활로 활쏘기를 연습하고는 했다.

'검을 잘 쓰는 사람은 주위에 많다. 게다가 이 몸에 익숙한 것 또한 검보다는 활이니까.'

앞으로 조금 있으면 정체를 알 수 없는 흉수가 암습을 감행할 것이다.

대비를 하고자 여럿 준비를 하기는 했지만, 결국 마지막 순간 필요한 것은 이 몸이 지닌 실력과 판단일 것이다. 그렇다면, 조금이라도 익숙한 무기를 준비해두는 것이 좋았다.

주변의 시선? 그런 것은 중요하지 않다. 어차피 죽어버리면, 모든 게 끝나는데 말이다.

"할 만큼은 했다. 그러니 어디 그 낯짝이나 한 번 보자."

활을 잡은 오른 손아귀에 힘을 주고는 곧장 강녕전 밖으로 걸음을 옮겼다.

저벅저벅.

돌계단을 내려가는 나직한 발걸음 소리. 동시에 좌우로 대기하고 있던 사내들이 기다렸다는 듯 입을 열었다.

"소신 겸사복장(兼司僕將) 서유대 전하를 뵙습니다."

"우금위장(羽林衛將) 용호(龍虎) 전하를 뵙습니다."

사내들은 내금위와 더불어 임금을 호위하는 겸사복과 우금위의 장들이었다.

이들의 무예 역시 내금위장인 조심태에 버금간다고 할 수 있었다.

그리고 그들의 옆에는 겸사복과 우금위가 도열해 있었다.

절도 있고 군기가 잡힌 그들의 모습을 바로 보는 것만으로도 마음이 뿌듯해졌다.

그리고 그 사이로는 잔뜩 긴장한 표정의 검동 수향이 서 있었다.

아무리 그녀라고 해도 산전수전 다 겪은 무장들 사이에 있으니, 떨리는 것이 당연할 것이다.

"거, 검동 수향. 전하를 뵙습니다."

가늘게 떨리는 그녀의 목소리를 들으니, 가볍게 실소가 흘러나왔다.

하지만 굳이 내색을 하거나 표현할 필요는 없다. 그리 한 다면, 오히려 수향이 더 불편해질 것이 뻔했다.

"오늘은 왕대비께서 짐을 위해 연회를 베푸는 자리네. 그런 만큼 조금의 불상사도 있어서는 아니 될 것이야. 모두 알겠는가?"

말이 떨어지기 무섭게 겸사복장과 우금위장이 예를 갖춰 대답했다.

"전하, 맡겨주시옵소서."

"소신들이 있는 한 어떠한 불상사도 일어나지 않을 것이 옵니다."

연회 자리에서 호위를 할 군관들 또한 최고의 실력자들 로 준비했다.

이들을 준비하라는 내 명령을 들을 상선 인우가 혹 세손 시절부터 대립해온 정적(政敵)을 제거하기 위함이 아닌지 오해할 정도였다.

'하긴 그럴 만도 하지. 술자리나 연회를 핑계로 신하들 을 불러 목을 베었던 왕들이 한 둘이 아니었으니까.'

하지만 정적을 제거하는 것은 몸을 빌리고 있는 내가 할 일이 아니었다.

그 일은 임무가 끝나고 본래 몸의 주인인 이산이 역사의 흐름대로 진행할 일이었다.

"모두 준비가 끝났으면, 경회루로 가도록 하지. 대신들이 많이 기다리겠네."

상선 인우를 따라 걸음을 내딛자 그 뒤로 일백에 가까운 겸사복과 우금위가 뒤를 따랐다.

'기분이 묘하네.'

전장을 지휘하는 장수의 기분이 이럴까? 무장을 한 수십 수백의 무인들이 내 뒤를 따라 걸으니, 절로 어깨에 힘이 들어갔다.

그렇게 얼마를 걸었을까? 경회루의 모습이 보이자 앞서 나와 있던 내금위장 조심태가 걸어 나왔다.

"전하, 오셨……."

내 뒤를 따르는 무리를 확인한 조심태가 순간 말을 삼켰다.

그리고 뒤이어 그의 눈동자가 몹시 흔들리는 게 보였다. 물론 그 연유는 묻지 않아도 상선 인우가 했던 걱정과 같은 이유 때문일 것이다.

"그저 호위를 위해서네. 다른 생각은 없으니, 내금위장은 호위에만 만전을 기하게."

"전하, 송구하옵니다."

조심태가 급히 고개를 숙였다. 그런 그를 뒤로하고 걸음을 옮겨 경회루로 발걸음을 디뎠다.

동시에 사방팔방에서 쏟아지는 시선과 무거울 정도로 가라앉은 공기가 느껴졌다.

미리 도착해 있던 신하들 또한 내가 이끌고 온 무리들을 확인했기 때문이었다.

"주상, 내금위는 그렇다 해도 어찌 겸사복과 우금위까지 데려오셨습니까?"

미리 와있던 왕대비가 걱정 어린 표정으로 물었다. 그 물음에 내가 입가에 미소를 지으며 말했다.

"경사스러운 날입니다. 혹 있을지 모르는 불상사를 대비한 것이니, 크게 염려치 마시옵소서."

"괜히 대소신료들이 불안에 떨지 않을까 염려되어 그렇습니다."

왕대비가 뭔가 더 말을 하려다가 이내 입을 다물었다. 그 모습에 나는 별다른 말을 하지 않고 준비되어 있는 자리에 착석했다.

주변을 둘러보니 수십 명에 가까운 신하들이 서열대로 자리에 서서 이어질 내 말을 기다리고 있었다.

'저들 중에 흉수가 있는 걸까?'

하지만 이미 내금위에게 일러 경회루에 들어설 때 모두 몸 수색을 하라고 지시했었다.

설령 내금위를 매수해서 몸수색을 피했다고 하더라도

신하들이 위치한 곳과 내가 있는 곳은 적어도 다섯 보 이상은 차이가 났다.

이 정도라면, 상대가 수상한 행동을 했을 경우 바로 대처가 가능한 거리였다.

'그렇다고 해도 방심해서는 안 된다.'

마음을 다시 한 번 굳게 다진 뒤 자리에 서 있는 신하들을 향해 말했다.

"자, 모두 앉으세요. 왕대비께서 저를 위해 이리 연회를 베풀어주셨으니, 오늘만큼은 모두 근심과 걱정을 잊고 코가 삐뚤어지도록 취해 봅시다."

조선 시대의 연회에는 무릇 흥을 살리기 위한 무희들이 있었다.

그 무희들을 가리켜서 여악(女樂)이라고 불렀는데, 이들은 장악원(掌樂院)이라고 불리는 관청에 소속되어 있었다.

정순왕후, 왕대비가 주최한 연회답게 장악원에서 내로라하는 여악들이 나와 쉼 없이 가무를 선보였다.

대신들은 그 모습에 흥겨워했고 쉼 없이 술과 안주를 즐겼지만, 정작 상석에 앉아 있는 나는 지루함에 좀이 쑤실 지경이었다.

'아무래도 이쪽은 내 취향이 아닌가 보네.'

처음에는 전통 공연을 본다는 생각으로 집중을 했지만, 이미 현대의 빠른 음악과 아이돌에 적응이 되어 있는 내 정신은 쉽사리 집중을 하지 못하고 딴 생각을 하기 일쑤였다.

여기에 좋은 술과 음식이 눈앞에 있다 한들 언제 흉수가 나타날지 모르기 때문에 긴장의 끈을 놓을 수도 없었다.

"주상, 연회가 마음에 들지 않으십니까?"

지루한 내 표정이 밖에 들어났기 때문일까? 옆에 있던 왕대비가 서운한 표정으로 물었다.

"아닙니다. 다만, 몸이 조금 좋지 않아 그런지 피곤해서 그렇습니다."

"이 늙은이가 괜한 욕심에 아픈 주상을 이리 불렀나 봅니다."

7살 차이임에도 불구하고 스스로를 늙은이라 칭하는 왕대비를 보니, 한 순간 긴장이 탁하고 풀리며 입가에 가벼운 미소가 걸렸다.

실제 이산은 이런 왕대비를 보면서 무슨 생각을 했을까? 이런 궁금증도 잠시. 연회를 즐기고 있던 대신 한 명이 비틀거리며, 자리에서 일어섰다.

"전하! 신 좌의정 홍인한, 감히 전하께 술 한 잔 올려도 되겠사옵니까?"

임금이 신하에게 술을 내리는 것은 이상한 일이 아니다.

큰 공을 세운 이들에게 종종 술을 내리고는 했기 때문이다. 이를 가리켜서 어주(御酒)라고 불렸다.

하지만 신하가 먼저 나서서 임금에게 술을 올렸다는 얘기는 들어 본 적이 없었다.

'물론 내가 모르는 것일 수도 있겠지. 하지만 그렇다고 해도 홍인한 저자가 미치지 않고서야 저런 말을 꺼내다니.'

홍인한이란 인물에 대해서는 나 역시 잘 알고 있었다. 그는 이산이의 아버지인 사도세자 이선의 죽음과도 관련이 있으며, 영조가 이산에게 대리청정을 맡길 당시에도 극렬하게 반대했던 인물이었다.

따라서 그는 이산 입장에서는 지금 당장 사약을 내려도 이상할 것이 없는 철천지원수(徹天之怨讎)였다.

'뭐, 실제로 그렇게 되기도 하지만 말이야.'

하지만 이는 내가 할 일이 아니라 이 몸의 주인인 이산이 해야 할 일이었다. 그 순간이 오기를 이 몸 또한 아주 오래도록 학수고대했을 게 분명했다.

[동기화가 향상됐습니다.]
[현재 동기화는 41%입니다.]

이런, 내 생각이 통했던 것일까? 뒤이어서 동기화가 향상됐다는 소리가 들려왔다.

'남은 동기화는 9%. 이산이 지닌 특성은 뭘까?'

동기화를 50% 달성하면, 정착자의 특성을 사용할 수가 있다. 또 이렇게 개화된 특성은 정산의 방에서 TP를 통해 구매가 가능했다.

왕이 지닌 특성이 무엇일까 궁금함이 들었지만, 우선은 당장 내 눈앞에 있는 홍인한에 대한 처우가 문제였다.

"대감께서 내게 술을 따라 주겠다고 하셨소?"

"예, 전하. 오늘은 무척 기쁜 날이 아니옵니까? 대감들, 안 그렇소이까?"

고개를 뒤로 돌린 홍인한이 연회에 모인 신하들을 향해 물었다.

그러자 몇몇은 눈살을 찌푸렸고 또 몇은 시선을 피했다. 하지만 개중 일부는 홍인한의 말에 고개를 끄덕이며 맞장구를 쳤다. 홍인한과 같은 배를 타고 있는 이들이었다.

"전하, 공자께 가르침을 배운 이들도 좋은 술이 생기면 천 리를 마다하고 찾아와 술을 올렸다고 하였사옵니다. 전하께서는 저희들에게 있어 항상 가르침을 주시는 스승과도 같으신 분이니, 어찌 배움을 받는 입장에서 술 한 잔 올리지 않을 수 있겠사옵니까? 좌의정께서 저희의 마음을 대변하여 대표로 올리는 것이니 받아주시옵소서."

"받아주시옵소서, 전하!"

정후겸이 기다렸다는 듯 앞으로 나서며 입을 열었다. 그러자 또 다른 신하들이 내 결정을 재촉하고 나섰다.

'거참. 혀에 참기름이라도 발랐나. 말 한 번 잘하네.'

정후겸 역시 결국 홍인한과 마찬가지로 비참한 최후를 맞는 인물이었다.

하지만 그건 아직 벌어지지 않은 미래의 일. 자신들의 미래를 모르는 그들의 눈에는 여전히 이산의 모습이 세손 시절의 그것으로 보일 것이다.

"그 술은 다음에 받지."

"전하!"

"아니면, 대감께서 우리가 이리 편히 연회를 즐길 수 있도록 주변을 호위하고 있는 내금위와 겸사복, 우금위를 찾아 술을 한 잔씩 돌리고 오겠는가? 그렇게 한다면 내 대감의 술을 한 잔도 아니라 열 잔도 받아 줄 의향이 있네만."

애초에 이산의 몸 자체가 홍인한에게 반감이 있는 영향 때문인지, 내 입 밖으로 나오는 말 또한 곱지가 못했다.

"끄응."

홍인한이 슬쩍 시선을 돌려 경회루를 철통 같이 호위하고 있는 이들을 쳐다봤다. 얼핏 봐도 그 수만 수십이었다. 홍인한의 입에서 절로 앓는 소리가 흘러나왔다.

"대감, 언제까지 그리 서 있을 것이오? 그만 자리로 돌아가시지요. 아니면, 오금이라도 저려서 움직이지 못하고 그리 서 있는 것이오?"

대신들 사이에서 걸걸한 목소리 하나가 튀어나왔다. 그목소리가 낯이 익어 고개를 돌리자 이산의 기억 속에서 하나의 이름이 떠올랐다.

'홍국영! 그래, 저 사람도 있었구나!'

그는 이산의 세손 시절부터 오른 날개 역을 자처하던 사람이었다.

이산이 즉위하고 나서도 줄곧 오른팔 역할을 맡았는데, 훗날 명의록이란 책에서 홍국영을 의리의 주인이라고 밝히기도 했다.

하지만 이는 조금 더 뒤에 있을 일이다. 아직은 홍국영이 이산의 최측근이자 오른팔이란 것이 공식적으로 대내외에 알려지지 않았다.

이 사실이 만천하에 알려지는 것은 앞서 홍인한, 정후겸이 이산의 명으로 홍국영에 의해 숙청을 당하면서부터였다.

"흥."

홍인한이 고개를 돌려 홍국영을 쳐다보다가 이내 혀를 차고는 자신의 자리로 돌아가서 앉았다.

두 사람은 멀지 않은 집안 친척임에도 불구하고 애초에 사이가 좋지를 못했다.

그럴 것이 홍국영이 세손 시절 이산의 곁에 붙어 있던 당시 홍인한이 그를 제거하기 위해서 자객을 보낸 적이 있기 때문이었다.

이미 그때부터 친척이란 혈연관계와 정치적 신념을 떠나서 두 사람은 물과 기름 같은 사이가 되었다.

"그런데 주상. 정녕 오늘 호위는 단지 연회를 위해서 부르신 것입니까?"

옆에서 상황을 잠자코 지켜보던 왕대비가 물어왔다. 앞에 놓인 약과를 들었다가 놓는 것을 반복하던 내가 말했다.

"아까도 말씀드렸지만, 경사스러운 날 불미스러운 일이 생기면 안 되지 않겠습니까?"

"그 불미스러운 일이란 게 무엇인지는 비밀이겠지요?"

되묻는 물음에 내 시선이 자연스레 홍인한과 정후겸을 향했다.

그러다가 이내 시선을 경회루의 밖으로 향하니, 어느덧 해가 지고 어둠이 깔리고 있었다.

다만, 오늘따라 유난히 달이 밝고 연회가 벌어지는 경회루 주변에는 대낮처럼 횃불이 밝혀져 있어서 그 사실을 조금 늦게 깨달았던 것이다.

'이대로 무사히 지나가는 건가.'

불안했던 마음이 조금은 가라앉는 느낌이 들었다. 이대로 조금만 더 시간이 지난다면, 예언자의 거울을 통해서 봤던 내용은 벌어지지 않고 지나갈 것이다.

"……가만히 앉아만 있으려고 하니 조금 답답하군요. 주상, 잠시 내려가 걷지 않겠습니까?"

"네?"

대신들이 먹고 마시는 것을 지켜보던 왕대비의 권유에 내 입에서 절로 반문이 흘러 나왔다.

"이 할미랑 걷는 게 싫으십니까?"

또 나왔다. 그놈의 할미라는 단어. 할머니도 아닌 사람이 자꾸 그러니 거북함이 든다.

하지만 이미 몸은 익숙하기 때문일까? 아니면, 효심이 지극했던 역사 속 이산의 기록이 사실이기 때문일까? 서운한 표정의 왕대비를 보니 이산의 몸이 자동반사처럼 일어났다.

'후우. 조금, 불안하긴 하지만. 별일 없겠지. 이미 시간도 많이 흘렀고 호위에도 문제없고 말이야.'

어느덧 왕대비는 경회루를 내려갈 채비를 하고 있었다. 그 모습에 나 역시 고개를 돌려 내 바로 뒤에 있던 상선과 검동 수향을 보며, 말했다.

"자네들도 같이 가지."

❖ ❖ ❖

경회루로 향하는 다리는 3개가 있다. 이 다리는 삼광(三光)이라고 해서 해와 달, 별을 뜻하였는데 신분에 따라서 사용하는 다리가 달랐다.

남쪽에 있는 다리는 왕과 왕세자 등 왕실의 사람들이 드나드는 다리였고, 가운데 있는 다리는 신하들과 외빈들, 북쪽에 있는 다리는 그보다 낮은 위치의 사람들이 오가는 다리였다.

왕대비의 권유에 의해 향한 곳은 경회루의 남쪽에 있는 다리였다.

"하늘이 참으로 아름답습니다."

달빛이 쏟아지는 밤. 경회루의 연못에는 동물의 형상을 하고 있는 색색의 등불들이 띄워져 있었다.

다리로 향하는 길에서 그 모습을 바라보고 있으니, 오늘 하루 암습의 걱정으로 인해 긴장되었던 근육들이 풀리는 것이 느껴졌다.

"상선과 자네들은 잠시 거기서 기다리게."

다리의 입구. 왕대비가 상선을 비롯한 이들을 향해 명을 내리고는 나를 쳐다봤다.

"주상, 잠시 이 할미랑 단 둘이 걷지요."

"……"

"싫으십니까?"

"아닙니다. 상선은 여기서 잠시 대기하게나."

잠시 불안한 마음이 들었으나 말 그대로 잠깐 뿐이었다.

'뭐, 특별한 일이야 없겠지.'

왕대비의 제안을 받아들이고는 다리를 향해 걸음을 옮겼다.

저벅저벅.

"……앞으로 어찌하실 생각이십니까?"

걸음을 옮기다가 시선을 돌려 왕대비를 쳐다봤다. 그녀는 여전히 걸음을 옮기고 있었고 시선은 흥겨운 자락이 흘러나오는 경회루로 향해 있었다.

"주상께서는 혹 연산군과 같은 길을 걸으실 생각은 아니시겠지요? 세손 시절 주상께 어떠한 일이 있었는지 이 할미는 자세히 알지 못합니다. 하지만 그렇다고 해서 옛일을 들춰 칼을 휘두르면, 궁에 피바람이 분다는 사실 정도는 알고 있습니다."

잠시 말을 멈췄던 왕대비가 다시 입을 열었다.

"……이 할미는 자칫 그로 인해 주상께 해가 되는 일이 생기지 않을까 걱정입니다."

그저 예의상 던지는 말이라고 하기에는 목소리에 한껏 걱정이 담겨 있었다.

그리고 그 순간. 내 입에서 나도 모르는 사이 입이 벌어지고 말이 흘러나왔다.

"그렇다고 한들 이대로 묻고 가기에는 그들의 잘못이 너무나 큽니다."

또 다시 내 의지보다 몸이 먼저 반응했다. 하지만 이미 종종 있었던 일이기 때문에 과거처럼 크게 놀라지는 않았다.

그만큼 세손 시절과 그 전에 겪었던 일들에 이 몸에 각인되어 있다는 뜻일 것이다.

'이산의 성정이 조금만 더 난폭했다면. 아니, 그의 곁에도 장녹수와 같은 여인이 있었다면 제2의 연산군이 되었을 수도 있었겠지. 그가 겪었던 일들은 충분히 그러고도 남을 만큼의 사건들이었으니까.'

왕세자 혹은 즉위 초반 총명했던 조선의 임금은 여럿 존재했다.

하지만 총명함을 끝까지 유지한 임금의 숫자는 역사를 통틀어 볼 때 한 손에 꼽혔다.

조정의 당파 싸움과 여인의 치맛자락, 혹은 내로라하는 명의도 고칠 수 없는 병이 가장 큰 이유였다. 그런 면에서 볼 때 이산의 아버지인 영조는 참으로 대단한 왕이었다.

31살이라는 조금 늦은 나이에 즉위했지만, 장장 52년 동안 왕의 자리를 지키면서 장수했기 때문이다.

'이산의 재위 기간은 약 24년. 영조의 절반도 안 되었으며, 이 마저도 죽고 나서는 독살설이 제기되었지.'

물론 이는 아직 수십 년은 더 지난 후에 벌어질 일이다. 더욱이 역사의 흐름대로 진행되어야 할 사건들이었다. 비록 내가 지금 이산의 몸에 있다고 한들 간섭할 문제 역시 아니었다.

"……무슨 생각을 그리하십니까?"

귓가에 들리는 나직한 목소리에 재빨리 머릿속의 상념을 지웠다.

"아, 이런 제가 잠시 다른 생각을 했나 봅니다."

주변을 살피니 어느덧 왕대비와 함께 다리의 중앙에 도착해 있었다.

스윽.

연못을 바라보고 있던 왕대비가 시선을 돌려 나를 쳐다봤다.

"주상."

"말씀하세요."

주상이라는 소리도 계속 듣다 보니 익숙해지는 것 같다.

"앞으로 홍인한, 정후겸, 김귀주 등을 죽이시겠지요? 이미 마음속으로 그리 결정하지 않았습니까?"

"네?"

"그들을 죽이실 것 아니옵니까?"

"……."

갑작스러운 소리였지만, 팔뚝에 닭살이 돋아났다. 지금
은 아니지만, 훗날 벌어질 사건이었기 때문이었다.

'괜히 떠보는 건가?'

하긴 조정의 대신들 중에서 그들이 세손 시절부터 이산
의 정적이었다는 사실을 모르는 자는 없었다. 하지만 이어
지는 왕대비의 말을 듣는 순간, 입안에 잔뜩 고인 침이 목
젖을 타고 넘어갔다.

"앞으로 조금이겠군요. 아마 내년이었지요? 그들이 폐서
인된 후 참형을 당할 날이 말입니다."

꿀꺽.

머리카락이 곤두선다. 지금 왕대비, 아니 이 여자가 무슨
소리를 하는 것인가? 정조가 앞서 그들을 폐서인 시키는
것은 즉위 1년, 내년이 맞았기 때문이다.

"그리고 보니 오늘 연회에는 홍산간 그자가 없었군요."

"홍산간?"

비록 여행을 대비해서 수많은 책을 읽었다고는 하지만,
그렇다고 해서 역사에 등장하는 모든 인물을 아는 것은 아
니었다.

"조금은 안타까운 마음도 듭니다."

"……?"

"역사의 한 획을 그었던 임금을 이 손으로 죽여야 한다는

사실이 말입니다. 하지만 이것 또한 운명이라면, 운명이겠지요."

스르륵.

가볍게 몸을 돌린 왕대비가 옷자락 속에 가려져 있던 손을 들어 올렸다.

어디선가 불어온 밤바람이 소맷자락을 흔들었다. 그리고 그 사이로 은빛 색상의 쇠붙이가 보였다.

'……또 다른 여행자가 왕대비였어?'

왕대비의 손에 들린 물건을 보는 순간 머릿속의 퍼즐이 맞춰졌다.

그녀의 손에 들린 물건은 조선뿐만 아니라 현 시대에서는 어느 나라를 가더라도 구할 수 없는 물건이었기 때문이었다.

딸칵.

잠금장치가 해제되는 소리. 그 소리를 들은 내 입에서는 욕지거리가 흘러 나왔다.

"이런 미친……."

하지만 그도 잠시, 재빨리 입술을 앙다물며 말을 삼켰다.

'대체 무슨 무기로 암습을 했나 했는데 그게 총이었어? 포켓에 총을 담아 왔다는 말이야? 이런, 젠장!'

순진했던 것일까? 아니면 바보였던 것일까? 포켓에 총을 담을 생각 따위는 하지 못했다.

애초에 대한민국이 총기류라는 것을 쉽게 구할 수 없는 국가라는 것도 있지만, 그것보다 지금까지의 나 자신이 너무 안일했다는 사실도 있었다.

과거의 물건을 현대로 가져올 생각만 했지, 그 반대의 생각은 전혀 하지 못했기 때문이었다.

'그리고 더 멍청한 것은 보이는 것만 믿었다는 사실이지.'

거울이 보여준 모습. 그곳에서 왕대비가 울고 있었기 때문에 당연히 그녀는 흉수가 아니라고 생각했다.

하지만 지금 와서 생각하니 노련한 여행자라면, 그 정도쯤은 충분히 연기할 수 있다는 생각이 들었다.

경회루의 다리를 걸을 때 들었던 걱정 어린 목소리를 생각하면, 소름이 끼칠 정도다.

'이 자리에서 왕대비가 날 죽인다 한들 이 시대에 그것을 증명할 기술은 없다.'

지금 들고 있는 권총은 이산을 죽이고 난 뒤에 경회루의 연못에 던져버리면 그 뿐이었다. 애초에 총이라는 것이 존재하지 않는 시대이니, 현 시대의 기술로는 밝혀낼 수도 없는 살인이었다.

누군가는 의심을 할 수도 있지만, 그 누구도 물증을 제시하지 못할 것이다.

'빌어먹을. 완전히 당했다.'

지금 상황은 변명할 여지가 없었다. 그렇게 준비를 하고 대비를 했는데, 결국 이런 상황이 오고야 말았다.

다시 생각을 해도 왕대비가 여행자일 줄은 상상도 하지 못했다.

지금까지 그녀가 내 앞에서 의심이 가는 행동을 단 하나도 보이지 않았기 때문이었다.

"흐음. 지금 반응은 뭐죠? 마치 이게 뭔지 아는 것 같은 모습인데?"

"……지금 이게 무슨 짓입니까? 아까의 말은 무엇이고 또 손에 든 그것은 뭡니까?"

지금은 함부로 움직일 수가 없다. 상대는 여행자인 게 분명했다.

또 나보다 레벨이 높고 경험도 많을 것이며, 내가 생각하지 못한 아이템을 지니고 있을 수도 있다.

지금 상황에서 내가 유리한 것은 단 하나. 난 왕대비가 여행자라는 사실을 알지만, 그녀는 알지 못한다는 것이다.

꿀꺽.

'한 번, 단 한 번이겠지만 기회는 분명 있다.'

아직 모든 것이 끝난 것은 아니다. 아니, 끝이라고 한들 포기할 수는 없다. 지금 이 순간 이산이 죽는다면, 그 미래는 어떻게 될지 알 수 없는 노릇이었다.

'저 미친년이 대체 왜 이산을 죽이려고 하는지는 모르겠지만, 어떻게든 산다. 절대 이 자리에서 죽지 않아.'

임무의 실패에 대한 걱정은 두 번째다. 우선은 벌어져서는 안 될 일을 막는 게 급선무였다.

맹렬히 머리를 굴리며, 마음속으로 굳게 다짐할 무렵. 권총을 겨누고 의심스러운 표정으로 나를 보던 왕대비가 어깨를 으쓱거렸다.

"후훗, 제가 잠시 착각했나보네요. 하긴 그럴 리가 없겠죠. 이 물건은 이 세상 그 어디에서도 못 구하는 것이니까요."

나를 향해, 아니 이산을 향해서 총을 겨눈 왕대비는 내 표정이 재미있다는 듯 말을 이어나갔다.

"주상, 당신은 모르겠지만 이 물건은 총이라는 겁니다. 아주 먼 미래에나 발명되는 물건이죠. 아! 그런 물건을 제가 어떻게 가지고 있냐고요? 그야 저는 이 조선의 사람이 아니니까요. 주상께만 말씀드리지만, 저는 미래의 사람이랍니다. 후훗. 그리고 혹 아까 그 딸각이란 소리를 들으셨나요? 그건 이 총이란 것의 잠금 장치를 푸는 소리랍니다."

"……."

"또 자물쇠가 풀린 이 총의 방아쇠를 당기면, 오늘 이 자리에서 주상은 죽는 겁니다. 역사보다 무려 수십 년의 세월을 앞당겨서 말이죠."

"……."

이미 체크 포인트라고 생각했기 때문일까? 왕대비의 몸에 깃든 여행자는 주절주절 여러 가지를 떠들어댔다.

그리고 그런 그녀의 행동은 내게 있어서는 말 그대로 천금과 같았다.

만약 왕대비가 다짜고짜 총을 꺼내 방아쇠를 당겼다면, 난 아무런 방비도 하지 못하고 죽음을 맞이했을 것이다.

경회루를 호위하고 있는 수백의 군사도 무용지물. 타임 포켓에 잠들어 있는 아이템 또한 사용하지 못하고 말이다.

"호호호! 왜 그리 멍하니 저를 보십니까? 하긴 아무리 설명을 한다고 해도 이 상황이 이해가 안 가시겠지요? 아까 제 마음이 그랬습니다. 갑자기 그 많은 금군을 끌고 오시다니. 시간도 얼마 남지 않았는데, 자칫 큰일을 실패할 것 같아서 얼마나 놀랬는데요."

"……아까부터 무슨 말을 하는지 도통 알 수가 없습니다. 아무래도 술이 과하신 것 같은데 사람을 부르도록 하겠습니다."

말을 내림과 함께 슬그머니 손을 아래로 내렸다. 그 위치는 타임 포켓이 있는 장소였다. 하지만 제대로 움직이기도 전에 왕대비의 입술이 달싹거렸다.

"주상, 움직이지 마세요."

조금 전의 부드러웠던 목소리와는 달리 전신에 오한이 드는 목소리다.

"지금은 당신이 조금이라도 살아 있음을 음미할 수 있도록 제가 허락한 시간이에요."

순간 나도 모르게 욱하고 욕지거리가 치밀어 오를 뻔했다.

'대체 어떤 인간이 저 몸에 깃든 거야? 사이코패스야? 아니면 소시오패스?'

하는 행동이나 어투를 보면, 분명 정상은 아니었다.

"자, 크게 숨을 쉬어 봐요. 마지막 이승에서 맡을 수 있는 냄새이니까요."

"왕대비……."

"그만!"

처음으로 왕대비의 목소리가 높아졌다. 그리고 잠시 나를 지그시 바라보던 그녀가 말했다.

"미나코."

"……?"

"저승에 가면 누가 당신을 죽였는지는 사신과 염마(閻魔)에게 이름을 말해야하지요. 그때도 왕대비라고 한다면, 그들이 얼마나 비웃겠어요? 킥킥."

혼자서 키득거리던 왕대비의 웃음이 사라지고 그녀의 눈빛이 가라앉았다.

"제 이름은 미나코랍니다. 저승에 가면 꼭 그리 말하세요.

그럼……."

온 몸을 죄어오는 살기와 함께 머릿속에 경종이 울렸다. 지금 바로 이 순간 미나코라는 이 여행자는 방아쇠를 당길 것이다.

그렇다면 내가 선택할 수 있는 것은 하나뿐이었다.

"지금이다!"

난생 처음 뱃속에 있는 모든 것을 토해낸다는 심정으로 벼락 같이 소리를 내질렀다.

동시에 허리춤에 타임 포켓을 향해 손을 뻗으며, 바닥에 자빠지듯 몸을 숙였다.

'즉사만 아니면, 살 수 있다!'

〈급속 치료 알약〉

종류: 소모성

횟수: 0/1

설명: 30초에 걸쳐 자신의 외상과 내상을 빠르게 치료합니다. 단, 잘려진 신체 부위는 재생되지 않습니다.

사용 방법: 적당한 물과 함께 알약을 섭취합니다.

주의 사항: 해당 상품은 소모성으로, 횟수를 모두 사용하면, 자동 소멸 됩니다. 이미 목숨이 끊어진 상태에서는 해당 제품의 효과가 발동되지 않습니다.

TP: 800

비록 한 알뿐이지만, 급속 치료 알약이라면 일격에 숨이 끊어지지 않는 이상 목숨을 부지할 수 있다.

다만 문제는 한 번의 총격을 버틸 수는 있어도 그 다음은 없다는 것이다. 다시 말해서 내 마지막 외침에 모든 것이 달려 있었다.

"대체 이 무슨……."

어이없는 표정의 미나코가 손에 들고 있던 권총의 총구 방향을 아래로 내렸다.

하지만 바로 그 순간.

바람을 가르고 귓가를 찌르는 날카로운 파공성이 경회루에 올려 퍼졌다.

동시에 밤하늘 달빛을 머금고, 은빛 꼬리를 남긴 단도 하나가 미나코의 어깨에 그대로 박혀 들어가는 것이 보였다.

차아악!

"꺄아!"

막 방아쇠를 담기려던 미나코의 입에서 찢어질 것 같은 비명이 터져 나왔다. 그 순간은 내 머리에 찬물이 끼얹어지는 것 같은 시간이었다.

재빨리 타임 포켓에서 급속 치료 알약을 꺼내 치아 사이에 끼운 나는 다시 한 번 목청껏 소리를 질렀다.

"수향!"

탓!

그리고 벌렸던 내 입술이 다물어질 무렵. 나와 미나코 사이에는 작지만 듬직해 보이는 여성이 비가 오듯 땀을 흘리며, 한 자루의 검을 들고 서 있었다.

"하아……하아…… 검동 수향. 전하의 명을 받고 달려왔습니다."

분명 내 몸. 이산의 몸보다 반도 안 되는 체구의 여인이었다.

그런데도 뒷모습을 바라보고 있는 것만으로 이 가슴 깊은 곳에서 치밀어 오르는 울컥함을 무엇일까?

제임스가 되어 수십 수백이 넘는 사람을 구할 때도 느껴보지 못한 감정이었다. 하지만 오래지 않아 지금의 감정이 무엇인지 알 수 있었다.

살았다는 감정.

죽음이 찾아온 순간 그것을 막아주고 물리쳐준 사람에게서만 받을 수 있는 바로 그 감정이었다.

"……살았다."

지난 날 빛 한 점 없는 그 절망 속에 있던 사람들에게 내밀었던 손길을 비로소 내가 느끼는 순간이었다.

〈6권에 계속〉

매니지먼트계의 전설적인 인
죽음의 위기에서 새 삶의 기회를 얻

대형기획사 '청월 엔터테인먼트' 대표 오
협력자의 배신으로 죽음을 앞둔 그의 곳
하나의 또렷한 목소리가 울려 퍼

"시간을 결제하시겠습니까

수단과 방법을 가리지 않고 잔인무도했던
그 때의 그는 죽
자신을 배신했던 이에게 통쾌한 복수를
연예인을 하나의 인격체로 대우하는 세상을
오정호의 새로운 인생이 시작

내 손을 거치면 스타로 거듭나
나는 시간을 결제하는 매니저

매니지
먼트의
제왕

펜쇼 현대판타지 장편
NEO MODERN FANTASY